笑美子

どんな時でも幸せに生きる

講談社エディトリアル

はじめに

アメリカで製作されたテレビドラマ「大草原の小さな家」という日本でも大ヒットした不朽の名作、母さんはそれが大好きだったので、ドラマの主人公と同じように「父さん、母さん」と子どもたちに呼ばせていました。そんな母さんはすごく天然でおおらかで天真爛漫、童心を忘れない温くて優しくて可愛げのある人です。

一方で父さんはというと臆病で不真面目で幼く芯のない人。毎日お酒を大量に飲み、酔っ払っては大声を出したり暴れたりと、誰も手がつけられなくなる横暴な人でした。

そして四つ上と七つ上には、逞しくて優しい頼りになるお兄ちゃんたちがいます。

それから優しくて商売上手な祖父母がいて、おかげでうちはずっと裕福だったそうですが、私が小さい頃に祖母が亡くなり、それからは生活が一変し一気に苦しくなったそうです。

私は豊かだった頃の思い出はほとんどありません。そんな家族と環境の中で育った私の実体験を、あるがままに書き下ろしました。

貧困、苦悩、挫折、堕落と多くの人が悩み苦しみを持って必死に生きる現代です。私もその一人でした。でも泣きながら笑い続けたその先にあったもの。どんなに苦しくても辛くても前を見て歩き続けて来た結果、どんどんと経済的にも精神的にも豊かになっていきました。

この本を読んでくださった方の心が少しでも軽くなれば幸いです。それでは最後までお楽しみ下さい！！！！

笑美子　もくじ

3章 自由をめざしたら

4章 変わる、変われる

5章 昇って落ちて

6章 運命って信じますか

7章 お互いのピース

8章 結婚します

9章 贈りもの

終章 これから

笑美子

どんな時でも幸せに生きる

装幀／KEISHODO GRAPHICS
（竹内淳子）

1章

家族と私

1 生まれて初めてのプレゼント

一九八四年八月二日、お昼の十二時に都内の病院で私は産声を上げました。

私は三きょうだいの末っ子で、上には年の離れた兄が二人いるので、待望の女の子として家族や親戚など多くの方々から祝福されて生まれて来ましたが、とくに喜んでいたのはもちろん母さんです。母さんは私がお腹の中にいる時から女の子だって確信があったと言います。不思議な感覚ですが、母さんは私が生まれることがわかっていたみたい。

そして生まれた時からある腰のあざ。これもまた母さんと全く同じ所にあるのです。まるで私たち母娘は運命でつながっているかのようでした。

私は「笑う・美しい・子ども」で「笑美子」と名づけられました。本当はお寺の和尚さんが名付けた別の名が決まっていたそうなんですが、なんでも生まれた時からニコニコと笑っていて、母さんが私を見て急遽、名前を変えてくれたそうなんです。

名前って生まれて初めてもらうプレゼントでしょ。この素敵なプレゼントはこれからの私の人生に深く影響していくこととなります。

2 幼少の記憶

幼い時の記憶ってそんなにないけれど、その時の記憶だけは鮮明に残っている出来事がある。

それは私にとってとても衝撃的なものだったからだ。父さん母さんの夫婦喧嘩は日常的だったけど、今思えば喧嘩ではなく、酒に酔った父さんが一方的に母さんに罵声を浴びせたり、手を上げているだけだった。父さんは飲み過ぎると翌日仕事へ行かなくなるので、そのことでよく揉めていた。

その日もきっとそんな始まりだったと思う。口論から始まりだんだんとエスカレートしていく。自分の感情を抑えられなくなった父さんが、母さんの腕を摑みお風呂場へと連れて行った。そこで揉み合いの喧嘩となり最後にお湯の入った浴槽に母さんを倒し入れたのだ。そこまでした父さんは少し気が晴れたのか、何事もなかったかのように部屋へ戻って行った。

私は服を着たままビショビショになっている母さんの姿を忘れられない。そして母さんが浴槽から出て来ると私は泣きながら濡れている母さんに抱きついた。母さんは「ごめんね、怖かったね、本当にごめんね」と何度も言っていた。

3 クリスマス

母さんはキリスト教徒ではないけれど、クリスマスには毎年必ず教会へ連れて行ってくれた。

私がまだ幼い頃に家族全員で教会へ行った時のことが忘れられない。礼拝の進行に合わせて立ったり座ったりを繰り返すのだけど、父さんは座ったまま椅子にもたれかかり「くだらねぇ」と何度も何度も言っていた。クリスマスミサは大勢の人が賛美歌を歌って楽しんでいるのに、私の父さんは誰もがわかるくらいに酔っぱらっていて、子どもながらに周りの目が気になりずっと下を向いていた。

たまに母さんやお兄ちゃんたちを見てもみんな不安な顔をしていてそれがまた辛かった。どうかこれ以上、父さんが大声を出したり暴れたりしませんように、とずっと心の中で繰り返していて、それはすごく長く感じる時間で苦痛でしかなかった。

ようやく、終わりに近づきホッとしていたら、献金の籠が回ってきてそこに父さんはポケットの小銭を叩きつけるように入れて「金まで取りやがって」と言い放った。その瞬間周りの人もさすがに嫌そうな顔をしていて、クリスマスにそんな気分にさせてしまって申し訳なく思った。なんで来たんだろう。

最悪なクリスマスだと涙が出そうになるのを私は必死で我慢していた。

4 淋しさと悲しさ

母さんはおばあちゃんが経営していたスナックで週末働いていた。まだ幼かった私は夜になり母さんがいないことが淋しくてたまらなかった。

それに酔っ払っている父さんと過ごす時間も耐えられなかったから、私は我慢の限界になり一人で家を抜け出し母さんのいるスナックへ向かった。だけど夜の真っ暗な中一人で家を出るのは初めてで、すぐに迷子になってしまいスナックにも辿り着けず家にも帰れなくなり道端に座り込んだ。

その頃、家では私がいなくなったと大騒ぎになり、お兄ちゃんたちや父さんが近所を探し始めた。私は家から遠くない所にいたのですぐに見つかり、みんなで帰ることができた。そこに家からの連絡を受けて急いで駆けつけた母さんが来た。私は母さんを見るなり、安心感と一人で迷子になった恐怖を思い出して大泣きした。

母さんは「何で夜に外に出たの!!」と怒りをあらわにした。普段優しい母さんが鬼の形相で私を叱ったので、私はもっと涙が止まらなくなり何も言えなかった。そしておしりを何発か叩かれた。

母さんは心配で仕方なかったのだと今ならわかる。家を勝手に出て夜道を一人で歩くなんて。もう絶対にこんなことがないようにと思って叱ったことに違いはないが、あの時はただ母さんに会いたかっただけなのに、と悲しい気持ちでいっぱいだった。

5 母さんの家出

母さんは家を出ていくことが多かった。私が赤ちゃんの頃、何も持たず私だけを抱いて地方に逃げたこともあると言っていた。

それでも必ず父さんはどんな手でも使って必死に母さんを探し出した。母さんへの執着は異常だった。私が小学校に上がってからは私たち子どもを置いて一人で出て行くことが多かった。父さんは酔うと攻撃的になり母さんに酷く突っ掛かった。人が一番傷つく言葉を選ぶプロで母さんの友人や家族のことをよく罵っていた。

そこだけは守りたい母さんが反論すると、待っていたかのように、もっと残酷な言葉を浴びせ、喧嘩を売ってくる。人を思いっきり怒らせることで、自分のムシャクシャした気持ちを紛らわそうとしていたからだ。そして酔いが拍車をかけて悪態をつくだけでは終わらず、母さんの髪を引っ張ったり頭を何度も殴っていた。

　その現状から逃げるように家を飛び出すことは日常茶飯事だった。そして母さんが家出をしたら、そのことを聞きつけたおじいちゃんやおばあちゃんたちと探しに行く。その頃はまだ携帯電話なんて無いし、どこへ行ったのかもわからないけど酔っ払った父さんがいる家で、もしかしたら母さんはもう帰って来ないいんじゃないか、と不安な気持ちを抱えてじっと待っているなんてとてもじゃないけどできなかった。

　探しに出ることで気持ちを紛らわすことができたのだ。だけど結局探しても見つからず家に帰る。そのころにはたいてい、父さんは酔い潰れて寝ているから少しホッとしながら、神様に「母さんが帰って来ますように」と何度もお願いしながら眠りにつく。

　母さんは夜中に父さんが寝ているのを見計らって帰って来ることが多く、朝は何事もなかったかのように笑って「おはよう」って言ってくれた。私はいつも神様が願いを叶えてくれたのだと思っていた。

6　父さんへの手紙

小さい頃はよく父さんに手紙を書いていた。父さんの誕生日や父の日、クリスマスや自分の誕生日にまで。

あまり詳しくは覚えていないけど、手紙の内容はお酒をやめて欲しい、仕事をして欲しいというようなお願いごとだったと思う。そんな内容に大きく「お願いします」と書いたのは、はっきり覚えている。そのおかげか、一度だけ働きに行った。ガソリンスタンドのバイトに受かった時は家族みんなで喜んだ。

これですべて良くなると希望が見えて私も飛び上がる気持ちで喜んでいたけど、その想いは一ヵ月も経たずに終わった。職場で仲良くなった年下の子たちを仕事終わりに家に呼んでよく朝まで飲んでいた。大きな声で騒ぐ人たちで、夜中にトイレへ行きたくて起きても絡まれるのが嫌で我慢したりしていた。その人たちが来るのがすごく嫌だったけど、仕事をしている父さんは誇らしいし嬉しかった。母さんは毎日のように来るその人たちにおつまみを出したり飲み散らかした後の片付けをしたり、若い子たちだけどいちおう夫の職場の先輩ということもあり、すごく気を遣っていた。

そんなある日。いつものように仕事終わりに若い子たちと家で飲んでいたら、ちょっとしたことで口論になった。お酒も入っていたのでだんだんとヒートアップしていき、結局大喧嘩になった。若者はみんな帰っていったけど、翌日から父さんが仕事へ行くことはなかった。父さんは働いても良くならないことを知って、それから父さんに手紙を書くことはなくなった。

7　大好きな母さん

母さんはいつも温かくて優しくて面白かった。ものまねをしたり変顔をしたり冗談を言っては子どもたちを笑わせてくれる。

うちは父さんが働いてなかった分、母さんが朝から晩までずっと働いていたけど小学校に上がってからは、不思議と淋しかった思い出がない。それほどまでに母さんが愛情をたっぷり注いでくれていたから。ありがとうや愛してると毎日言ってくれるし、どんな時でも抱きしめてくれた。

遊びに行くと誰よりもはしゃぐし、スポーツや勝負事でも誰よりも熱くなる人だった。それに子どもと同じ目線になっていつも一緒に物事を考えてくれた。

母さんに怒られた記憶はほとんど無くて何をしても褒めてくれる。私が一〇〇点満点中二点のテストを持って帰っても、こんな点数見たことないって大笑いした。とにかくすべて笑いに変えることができて、誰をも温かい気持ちにさせる太陽みたいな人。

そんな母さんが大好きでよく学校帰りに野花を摘んで帰ってプレゼントした。母さんは花が好きだからすごく喜んでくれてグラスに可愛く飾ってくれる。そして毎日お花に話しかけたり歌声を聞かせたりして母さんがすることは何もかもが楽しかった。

よく寝ている間に顔に落書きもされたし、お兄ちゃんたちが母さんに落書きすることもあった。起きて鏡を見て大笑いして消すのがもったいない、とコンビニに買い物に行って店員さんを笑わせたりと人を楽しませることに長けていて、本当に自慢の母親で、そんな母さんとの時間は幸せでしかなかった。

8 ハロウィン

今ではすっかり日本でも一つのイベントとして定着したハロウィンだけど、私が幼い頃はまわりでやっている人なんて誰もいなかった。だけど母さんは楽しそうなことに目がなくて、常にアンテナを張っているような人だから、ハロウィンもかなり早い段階で我が家に取り入れられた。

もちろんその時はまだメディアでも取り上げてないし、雑貨屋やディスカウントストアのどこにもハロウィングッズなんて置いている所はなく、服や小道具はすべて母さんが手作りで仕上げた。私にはマッチ売りの少女の仮装をさせて、お兄ちゃんには女装をさせて近所を歩かせた。まだハロウィンがあまり知られていなかったので、すれ違う人たちに不思議そうな顔をされたけど、それを見て母さんは大笑い。お兄ちゃんや私も異国のイベントに参加している気持ちで楽しかった。

こんな性格の母さんに育てられている私たちには、恥ずかしさとかよりも何事も楽しむ‼気持ちの方が大きかった。自分たちが思いっきり笑えることをする。人生は笑いながら楽しみながら歩むものだと、教えてくれていた気がする。まっ、実際は子どもたちに変な恰好をさせて隣で笑い転げていただけだけど。私たちの捉え方が上手でよかった（笑）。

9　誕生日ケーキ

休みの日はよく母さんと、商業施設に入っている大きなスーパーへ行った。そこは試食が充実していて、サラダから一品料理、お魚にお肉にご飯もの、フルーツや飲みものと、スーパーをぐるりと一周すると、フルコースが味わえた。

ほとんど何も入っていないかごを持ちながらそこを二周はして、大好きなウィンナー売り場へはドキドキしながら三回も食べに行った。貧しかった私にとって試食はすごく魅力的で楽しかった。

日常はそういうので十分だったけど誕生日は違った。誕生日ケーキが食べたくて母さんにお願いしたらケーキ屋さんへ連れて行ってくれた。だけど買ってもらえたのはプチケーキ（昔あった一口サイズのケーキ）が一つだけですごく悲しくなった。家に持って帰ってその小さなケーキにロウソク一本つけてみんながハッピーバースデーを歌ってくれた。

本当はみんなで分け合って食べたかったけど小さ過ぎて私だけのケーキになった。一人で食べるケーキに美味しさは感じなかった。

けれど、ここで悲しい顔をすれば母さんが傷つくのがわかっていたからとにかく笑った。母さんが大変な思いをしているのも、本当は一番盛大に祝いたい気持ちも知っているから。子どもながらに気を遣えるようになっていったと思う。

10 儚い夢

母さんはお花が好きなのでよく押し花や落ち葉アートをしていた。

母さんは子どもたちと落ち葉を拾って来て、みんなで自由に作品を作っては可愛いものや面白いもの、みんなでタイトルを付けて楽しんでいた。なかには傑作もいくつかあって、これが売れたらいいのにねっていつも話していた。

そうしたら渋谷の代々木公園でバザーをやっているという話を、母さんが友達から聞いて来たので次の日曜日に行くことにした。それまでにたくさん作品を作って、売れるかなとワクワクしながら公園に向かった。

すっごく大きな所で大勢の人たちがいて楽しそうだった。私たちはさっそく空いているスペースを探してそこにシートを広げ、持って行った落ち葉アートを並べていった。準備はＯＫ!!あとはお客さんを呼び込むだけだね、と話していたら数人の警備員が近寄って来て「みんな抽選して場所代を払ってるんだから、勝手に店を出されては困る」と怒られ、つまみ出されてしまった……。

大勢の人の前で恥をかいて顔が真っ赤になった。母さんは「ごめんね」って私に謝っていたけど、それより怒られる母さんの姿を見て悲しい気持ちになった。二人で売れたらいいねって会話しながら、ワクワクしていた気持ちが一瞬で消えたことのほうが辛かった。

11　後悔

小学三年生くらいのことだったか、母さんと一緒にお雛様を出している時、急に、父さんと離婚したら笑美子はどっちについて来るかと聞かれた。私は泣きながら離婚しないで欲しいと訴えた。

もちろんそうなれば母さんについて行くけど、そしたらお兄ちゃんたちは？　おじいちゃんとも会えなくなるの？　大好きな人たちが急にバラバラになるような気がして、不安でいっぱいになった。母さんに、離婚はヤダ!!　絶対にヤダ!!　と言ってお雛様どころじゃなくなり、子ども部屋に閉じこもったのを覚えている。

その出来事から少しして母さんと叔母さんの家へ遊びに行った。みんなでご飯を食べてお腹いっぱいになった私は寝転んでいた。そしたら私は寝ているものだと思った母さんが、叔母さんに溢れる思いを涙ながらに話し始めた。父さんから受けている暴力や支配、経済的な困窮からの限界で、このまま自殺しようかとも一瞬だけ思ってしまったこと、そんな自分を責めていた。

私は寝ながらその話を聞いていて涙が止まらなかった。私のせいだ。母さんを追い詰めたのは。あの時もう限界だったんだ、限界で悩んで悩んで悩んだあげくに私に離婚の話をしたのに、私が自分勝手に拒否をしたから母さんはもっと辛くなったんだ、と思って急に申し訳ない気持ちでいっぱいになった。私は寝ているふりをするのに必死だった。

優しい叔母さんが母さんに寄り添い、気持ちを晴らしてくれていた。帰り道、私は何も聞いていなかったかのように振る舞い、母さんもいつも通り明るく楽しそうにおしゃべりしていた。あの時母さんを解放させてあげられなかった自分への後悔は、その後もずっとずっと続くことになった。

12 生き物

小学校高学年の時、生き物が大好きだった私は飼育係になった。

ちょうど家でもおじいちゃんがグッピーを買ってくれて、毎日餌やりをしてお世話をするのが楽しみの一つだった。スイスイ気持ち良さそうに泳いでいる様子を見ているだけでも楽しかった。卵が産まれて、それが孵化し、小ちゃなグッピーがいた時は嬉しくて朝から大騒ぎ。可愛くて増えていくグッピーが嬉しくてずっと見てられた。

そんなある日の朝、起きたら水槽が泡だらけになっていて、何十匹もいたグッピーはすべて死んでいた。すぐに誰が何をやったのかわかった。父さんが洗剤を入れたのだ。何でこんなことをするんだろ……。悲しかった。父さんはヘラヘラ笑いながら「何がグッピーだ、くだらねぇ、今度は父さんがピラニアを買ってあげるから、笑美子の指を食べさせてみよう」って笑いながら言っていた。

冗談のつもりなのか？　だけど父さんなら本当にやりかねない。悲しかった気持ちよりも恐怖の方が強くなった。父さんがピラニアを飼ったら大変なことになる。もう何もいらない。この家で何かを飼ってもすべて悪い結果になる。そう思うようになった。

13 母さんと過ごすクリスマス

私が中学生に上がる頃は、四つ上と七つ上の兄たちはアルバイトをしたり友達と遊んだりであまり家にいなかったので、大切な日は母さんと二人で過ごした。

クリスマスには二人で教会へ行ってミサに参加した。母さんは行く前からウキウキしていて、ビーズで作ったリースのブローチをどこに付けたらいいか聞いてきたけど、私はどこだっていいよと軽くあしらった。手作りのブローチはいかにも貧乏くさくて恥ずかしかったから。だけど何の迷いもなくそれを付けて嬉しそうにしている母さんの姿は、今思えばすごく愛らしいと思う。ただ中学生の頃の私にはそれが理解できなかった。

ミサ中も母さんは大きな声でしっかりと歌っていた。私は歌うのが恥ずかしくて聞いているだけだったけど、不思議と心が温まっていくのがわかった。

クリスマスミサを終えて帰り道にイタリアンのお店があったので入った。クリスマスの特別コースもあったけど、値段に驚いてスパゲティを一皿ずつだけ頼んだ。すっごく美味しかったし何よりもクリスマスで賑わっていて、いる人みんな幸せそうで世界がキラキラして見えた。そんな空間に母さんと二人で食事を楽しんでいるのが嬉しくて仕方なかった。

その帰り道、いつか母さんとクリスマスのコースを食べよう、私が働いたお金で一緒にクリスマスケーキも最後に食べるんだと心の中で強く思った。ワクワクが止まらない一日だった。

14 誕生日プレゼントは石

父さんは一向に働かないし、母さんが朝から晩まで働いても三人の子どもを育てるのでうちは経済的にいっぱいいっぱいだった。

もちろん誕生日にプレゼントなんて買う余裕も無い。だけどすごく印象に残っているのは庭先で拾った石。これを母さんはお兄ちゃんへの誕生日プレゼントにした。形がツルッとした真っ黒の石を手作りの小箱に入れてチラシ風のカードを作り上げた。そこには「脅威のパワーストーン」って見出しが書いてあって家族全員の変顔写真が貼ってあった。

おじいちゃんの変顔写真には「この石のおかげでボケずに済んでいます」。父さんがお酒片手に酔っぱらっている写真には「この石のおかげで女房に捨てられずにいます」。母さんが坊主に髪の毛がちょこっと生えたカツラで遊んでいる写真には「夢にまで見ていた毛が生えてきました」。そして私が全身で変なポーズをとって、顔に落書きまでしてある写真には「パワー全開」って書かれていた。

それは家族誰もが爆笑するようなできあがりだった。もちろんお兄ちゃんは大笑いして嬉しそうにしていたし、むしろ大事に取っておきたくなるくらいの物だった。

母さんは偉大だ!!

お金が無いからプレゼントをあげられないんじゃない。母さんの手にかかれば庭先に落ちている石だって最高のプレゼントに変わるんだ。いつだって子どもたちを喜ばせてくれた。

15 辛い出来事

ある日学校から帰宅すると、父さんと母さんが大喧嘩していた。喧嘩は日常茶飯事だったけど酔っ払っている父さんは何をするかわからない怖さがあったから、決して慣れなかった。

その日も大声が聞こえて、胸騒ぎがして急いで父さんと母さんの所へ行った。そしたら母さんの耳から大量の血が流れていて私は慌てて近寄った。母さんは意外にも落ち着いていて「投げられたお皿が当たっただけだから、心配しなくて大丈夫よ。片付けるから部屋に行ってなさい」と……。

確かにそこは割れたガラスやお皿が散乱していて危なかったから、母さんは私が怪我をしないように気遣ってくれたんだと思うけど、私は部屋へ行って涙が止まらなかった。大好きな母さんが血を流している姿はあまりにもショッキングだったし怖かった。

切れた耳も心配だけど、何もできないこと、変わらない現状、いつまでこんな恐ろしい日々が続くんだろうと、憤りを感じた。この時の光景が目に焼きついてしばらく離れなかった。

16 ヒーロー

お酒に酔った父さんが喧嘩を売るのは母さんだけじゃなかった。家族の弱い者、私やおじいちゃんにもあたり散らしていたのだけど、その日、母さんは仕事でいなかった。

いつものように酔っ払った父さんはおじいちゃんにくだを巻いていた。最初はよくあることだし私も気にしてなかったのだけど、なぜかその日はエスカレートしていく。あまりにも汚い言葉で酷いことを言い続けたので、仏のように優しいおじいちゃんも珍しく怒った。それに対して父さんが豹変して手がつけられなくなっていった。私の目の前でおじいちゃんの首を絞め始めたのだ。

父さんは「こいつ、よくも俺のことを……。殺してやる」と言って台所へ行き包丁を持って来た。私は本当におじいちゃんが殺されると思って必死に止めていた。片手でおじいちゃんの首を絞めながら壁に押しつけ、もう片方の手で顔の前に包丁を突きつけていた。

おじいちゃんも「やってみろ。俺はもう死ぬ」って覚悟を決めていたので私はパニック状態に陥っていた。結局、父さんは包丁をおじいちゃんの顔の横の柱に突き刺して、捨て台詞を吐きどこかへ行ったけど、私はとにかく気が動転していたので泣きながらバイト中のお兄ちゃんたちに電話をかけた。繋がった一番上のお兄ちゃんがすぐに帰って来てくれて、何をしたか父さんを問い詰めた。

その時、二十歳を超えていたお兄ちゃんには、力でも言葉でも敵わないとわかっている父さんはお兄ちゃんに「何もしてねえよ」とだけ言ったけど、直後にお兄ちゃんが「じゃあ何で笑美子が泣いてるんだよ」とさらに問いただすと、父さんはそれ以上何も言えなかった。

私はその言葉で落ち着いた。お兄ちゃんはヒーローだった。

17 悔しさと怒り

この頃、お兄ちゃんたちがいる時は父さんが暴れることは少なくなっていたけど、いない時は逆に歯止めが利かずに大変だった。

訳わからず当たり散らしてお酒の瓶や皿が飛んで来たり、命の危険さえ感じるようになっていたので、私と母さんが二人で家を出ることがしばしばあった。これ以上はヤバイ!!と思った時にとっさに外に逃げるので、いつも靴を履くのがやっとで何も持たずに来るからたいていは公園で過ごした。

公園のベンチに座り、冬場の寒い時は母さんは私の手を取って温めてくれながら、楽しい話をいっぱいしてくれた。私がこれ以上辛い思いをしないようにと、家出の時は父さんの話は一切せずに、面白いことをしたり変顔したりと思いっきり笑わせてくれて私の笑顔を常に守ろうとしてくれていた。

こんな母さんのおかげで、小学校の卒業文集の幸せそうな人ランキングでは二位に選ばれるほど、明るくてずっと笑っていた私が、こんな夜に公園で過ごしているだなんて誰も思いもしなかったと思う。少なくても週に一回は父さんから逃げるように家を出て寝静まるのを待って家に帰った。

時には一晩中公園や車の中で過ごすこともあり、そのせいで翌日に学校を休むことも度々あった。そんなことが半年以上続いた時に、学校で何人かの友達に呼び出された。私が休むからグループで私と一緒に行動する子が一人になる!!　何でそんなにちょくちょく休むんだと激しく問いただされたけど、父さんが酔っ払って暴力を振るうから家出をしているんだなんて言える訳もなく、私はただただ黙っていた。

普段から幸せそうに見える私は「あまり調子に乗んなよ」とみんなに言われて、その場は終わった。家に帰ってから涙が止まらなかった。悔しさと父さんへの怒りが込みあげてくるのがわかった。

2章

大人への一歩

18 思春期

思春期になると私は、家にいるよりも友達と遊んでいる方が多かった。学校帰りは友達の家へ行き、夕方に一旦家に帰りご飯を食べたらまたすぐに家を出る。お兄ちゃんたちはバイトでいないし、母さんも仕事を掛け持ちで夜遅くまで働いているし、酔っ払った父さんと家にいるより友達と遊んでいる方が何百倍も楽しく思えた。

いつも高台にある人気の少ない駐車場に集まり、みんなで木くずを拾ってきて教科書やノート、テスト用紙を燃やしながらお菓子を食べて他愛もない話で盛り上がる。小さなことでも本当に面白くて、ずっとずっと腹を抱えて笑ってる。そんな時間が幸せで父さんのことや家で起きる怖いこと、不安、すべてを忘れさせてくれた。

そして二十四時になるとそこから見える東京タワーのライトが消えるんだけど、毎回みんなで二分前くらいからスタンバイした。二十四時になりピタッと明かりが消えると、しばらく東京タワーの赤い残像が残るの。それを見るのが好きだった。

思いっきりみんなで騒いでいたのにその瞬間はシーンと静まり返る。各々に恋愛のこと、将来のこと、家族のこと、色んなことを思いながら五分くらいボーッとする時間が、私たちのお決まりになっていた。

まさに青春だった。

19 反抗期

中学三年生。反抗期全盛を迎えた私は、何もかもにイライラした。

母さんが話しかけてきても無視をしたり、父さんに至っては視界にさえ入れたくなかった。だけど無視をすると逆上して何をして来るかわからなかったので仕方なく会話をした。でもそれがまた嫌でイライラが悪化した。仕事もしないで朝から飲んでは当たり散らしてくる。母さんはずっと働いているし、それでも家は貧しくて欲しい物も買えない。

変わらない現状。すべてが腹立たしくてその矛先を優しい母さんにぶつけていた。「ババア」「ウゼー」「バカ」……と暴言を吐きまくっていた。母さんは淋しそうな顔をしながらも、「はいはい」って言いながら当たらず障らず良い距離感を取ってくれていた。

だけど物を投げたり暴力的なことは絶対に許さなくて、真っ直ぐに目を見ながら本気の表情で叱ってきた。

小さい頃から、滅多に怒ることも無い天使のような人が怖い顔をすると効き目があって、反抗期の私でも暴力は絶対ダメなんだと気づかされた。母さんがしっかりと目を見て逃がさなかったのは、これもまた愛情だった。暴力はエスカレートしていくものだから。それをよく知っているから私のために叱ってくれた。母さんが向き合ってくれたおかげで、私の反抗期はじきに終わった。

20 プレゼント

誕生日プレゼントはほとんど買ってもらったことがなかったけれど、クリスマスにはちょっとしたお菓子が朝起きると必ず枕元に置いてあった。母さんは童心を忘れない人だから、私がいくつになってもサンタをしてくれていた。

中学三年のクリスマスの朝もサンタは来てくれた。その時は小さなこぶたのぬいぐるみが置いてあった。私はそれを見た瞬間、苛立ちを抑えられずに部屋の壁に投げつけた。

それには理由があった。前日に学校でみんなとクリスマスプレゼントの話になった時、あと少しで高校生だからと財布や鞄など実用的なプレゼントを、みんな買ってもらっていたのだ。羨ましく思う半面、うちには無いだろうなと期待もしていなかった。

だけど、こぶたのぬいぐるみはあまりにも幼稚に思えて、ショックが大きかった。その後、自分を落ち着かせてからリビングへ行くと、母さんが満面の笑みで寄って来て、

「どうだった？　こぶたちゃん可愛いでしょう？　笑美子が喜ぶ物をあげたくて何件も見て回ったのよ!!　そしたら笑美ちゃんにそっくりなこぶたと出会って一目惚れしたの!!」

ってすごく嬉しそうに話しかけてきた。私は急に申し訳ない気持ちになってとっさに部屋へ戻り、落ちているこぶたを抱きかかえた。

うちはお金が無いんじゃん。だけど母さんは必死に働いて私を喜ばそうとしてくれているのに……。ごめんなさいと心の中で何度も謝った。それからこぶたには名前を付けた。急にものすごく愛着が湧いてきて、私にそっくりなこぶたちゃんは宝物になった。

21　カード

うちはお金がなかったから物のプレゼントはほとんどなかったけど、誕生日やクリスマスには必ずメッセージカードをくれた。

母さんは昔からカードが好きで、文房具店や雑貨屋へ行くとカード売り場の前で楽しそうにしていた。作るのも上手でよく手作りのカードにメッセージを書いて、お祝いごとのたんびにくれた。そこには「笑美子のまわりには笑顔が溢れていますように」と毎回同じ内容が書かれていた。

22 新たな門出

小学生や中学生の頃は、このカードをもらっても何も嬉しくなかった。それよりも流行りのおもちゃやお洋服や雑貨が欲しかったし、プレゼントをもらっている友達が羨ましくて、思春期の時はカードを破って投げつけたこともあったけど、それでも母さんは必ず誕生日やクリスマスになるとカードをくれた。

ただメッセージをくれるだけではなくて、私が笑顔でいられるように母さんもずっと笑っているし、ふざけたり面白いことをたくさんしたり、とにかく笑わせてくれた。私は母さんのおかげでいつもニコニコしていた。そして大人になってからは「名前のとおりだね」「ずっと笑ってるよね」って言われることが多くなって、たくさんの人から可愛がられて得をするようになった。

あの時は気づかなかった。私は世界一のプレゼントをもらい続けていたことに。母さんの大きくて優しい愛に包まれながら、メッセージのとおりに私は笑顔溢れる人間に育った。カードはおもちゃや洋服といったその時だけの物ではなくて、ずっとずっとこの先も心に残り続ける、最高のプレゼントだったと後になってわかった。

小さい頃から勉強が嫌いで意地でも鉛筆を持たなかった。お兄ちゃんが教えてくれようとしても、断固として聞かず座ったままピクリとも動かず。自分なりの反抗だったのか、その場でおしっこまでしたことがあった。

そんな性格だったため、家族からも諦められていた私でも、中学校を卒業すると晴れて高校生になった。そこは私立の女子高で「自分の名前さえ漢字で書ければ入れる」学校だった。

もちろんそういった学校なので似た物同士が集まる。もともと人見知りもせず明るい性格の私は、自分から進んで話しかけ、次々に友達ができた。すぐに気の合う仲間ができて、中でも私は一番のお調子者で常にふざけていたから、ムードメーカーになっていた。何をやっても楽しくてお腹を抱えて大爆笑。顎が外れそうになるくらい笑っていた。

また女子高というところは男子の目を気にせず、体を張って笑いを取りにいけたので、なおのこと、馬鹿に拍車がかかっていった。勉強はだるかったけど、友達とワイワイするのはすごく楽しくて学校は大好きになった。

23 恩師の言葉

高校一年と二年はクラス替えも無く、同じ生徒に同じ担任の先生だった。なのでクラスメイトはみんなすごく仲が良かったし、体育祭や文化祭などで一丸となって絆が深まっていた。

ところが仲良しグループの一人が先生と大喧嘩して学校を辞めた。もともと勉強が嫌いな子が集まる学校だし、私立ということもあり規則が厳し過ぎて先生との喧嘩は日常茶飯事だった。

私も頭の色やスカートの短さに携帯所持などで、謹慎や停学を繰り返していた。今思えばルールに従うのって（ある程度は）当たり前のことなんだけど、当時は破るものだと思っていたし、それが自分の中のカッコイイだった。とにかく先生に反抗していたし、友達が学校を去ってからはそのことばかり先生に当たっていた。

そんななか、高校二年最後の通知表で担任からのコメント欄に「過ぎ去った日々を数えたり、去った者のことを想ってももう遅いのです。あなたには肝心なことがわかっていません」と書かれていた。

この言葉が重く突き刺さって、春休み中にずっと考えていた。終わったことを言っていても何も前に進まないこと。去る前に止められなかった自分に対してのことなど、多くのことに気づかせてもらえる言葉だった。

通知表は見るのも恥ずかしいくらいの点数が並んでいたのですぐに捨てたけど、先生からの言葉は手帳に書き写して大切に取っておくことにした。

24 初めてのアルバイト

高校生になって一番の楽しみはアルバイトができることだった。

中学生の頃に、新聞配達をしたいって母さんに話したけど、断固として反対されたことがある。むしろその言葉は、母さんを傷付けていたかもしれない。母さんは優しい人だから、貧しい環境にあるのは自分のせいだと思ってしまう性格だった。

そんな母さんの負担を少しでも和らげたい気持ちがあったし、実際に、私も好きな物を自由に買ったりしたかった。

初めてのアルバイトはスーパーのレジ打ちだった。多くのお客さんと接するのは楽しかったけど、なんせ今まで意地でも勉強してこなかった私は数字が大の不得意。しょっちゅうゼロの数を間違えたし、閉店のレジ締めでお金が合わないこともよくあり、毎日のようにチーフからこっぴどく叱られていた。

そんなある日、いつものレジ締めで二万円が足りなくて、額が額なだけに店長や副店長チーフみんなに呼び出されて問い詰められた。まったく身に覚えもなくわからなかったけど、責任を感じてしまい、翌日にスーパーのバイトは辞めた。

怒られたことも、自分があまりに何もできないこともすごくショックだったけど、何よりもお金を稼ぐってことの大変さを思い知らされた。

25 初めてのお給料

スーパーのレジ打ちはすぐにやめてしまったけど、それまで働いた分のお給料はちゃんと入っていた。

初めて作った自分の通帳。そこにお金が振り込まれたことが何よりもうれしかった。

お年玉や誕生日などで親戚からお金をもらっても、私を経由してすぐ親の元へ。小さい頃から「これでお返しをしなくちゃね」と言われていたので、そういうものだと思っていた。

初めて自分の元へ入るお金。自由に使えるお金。私は飛び上がるほど嬉しかった。まずはずっと欲しかった自転車を自分に買った。お兄ちゃんが使っていた古い物を乗ったりはしていたけど、自転車屋さんへ行き綺麗な水色の自転車を選んだ。

初めての大きな買い物。ピカピカの新しい自転車に、テンションが上がるのを抑えられなかった。それから残りのお金で家族へのプレゼントを買った。お兄ちゃんたちにはお菓子を買って、父さんやおじいちゃんにはお酒を。そして母さんには一緒に食べるケーキと、ハンカチもプレゼントした。

それぞれ家族の顔を浮かべながら何をあげようかと考えたり選んだり、すっごくワクワクして楽しい時間だった。そしてみんな大喜びしてくれた。笑美子が初めて働いて稼いだ初めてのお給料で、家族に買ってきたプレゼント。

何よりも、楽しそうにしている私の姿を見て母さんはうるうるしていた。私よりも嬉しそうで、とても幸せな顔をしていた。

26 新しいバイト

最初のお給料は、こういう風に使いたい!!が強くて、ずっとずっと楽しみにしていたから、入って来て数日でパーッと使ってすぐになくなった。だけどお金が入る喜びを知って、またすぐに働きたいという願望が強くなり暇があれば求人誌を見ていた。

ある時、近所にある人気のラーメン屋さんがアルバイトの募集をしていて給料も良かった。何よりも「チャイナ服を着て接客してみませんか」の一文に一瞬で心を奪われた。昔からハロウィンや仮装をするのが好きだったし、衣装があることにビビッときて楽しそうと思った瞬間に「今から面接へ行って良いですか?」と電話をしていた。

そしてすぐに出向いて、面接をしながら履歴書を書いた。馬鹿がゆえに後先考えず行動力だけはあった私は、面白いと気に入られ翌日から働くことになった。

そこのラーメン屋さんは六〇席もある大きな店で、卓番を覚えるだけで大変だったけど、働いている人たちがみんな優しくて年も近くて気が合った。何より人と接するのが楽しいことに気づいた。もともと人好きの私は次々来る初めて会う人と会話ができるのが面白くて、接客というものが自分に合っていることに気づいた。

店長も私の明るい性格を絶賛してくれて、本来は新人期間中は着ることのできないチャイナ服を早々と着させてくれた。赤やピンクや青のチャイナ服から好きなものを選んで着てよくて、それで大好きな接客をする!! 楽しくて楽しくて仕方のない日々が始まった。

27 日々成長

バイト先では同じ年の男の子が私に色々と教えてくれることになったんだけど、私は同い年だからとタメ口を使っていた。そうしたら男の子が「人からものを教わる時は同じ年でも、たとえ年下でも敬語を使うべきだ」と言ってきた。

私は急に恥ずかしくなった。自分はあまりにも世間知らずだった。そして教えてくれた男の子に感謝した。今まで社会というものを全く知らなかったので、毎日が勉強の連続だったけど学校で教わる勉強とは違って、すごく楽しく思えた。

そしてお馬鹿な私は、お客様に領収書を頼まれた時に「お名前は?」と聞いたら「うえで!!」と返ってきたので聞き間違いかと思ってもう一度聞いた。

「あっ、もう一回いいですか?」

「うえで!!」

私はピンときた。「あっ、おばあちゃんが『ウエさん』ていう名前なのかな。必要な領収書なのかな」と思い、カタカナでウエ様と書いて渡したら笑われた。私は、はてなだらけになっていたけど後で店長に聞いて赤面した。

また、敬語を上手に使えなかった私は、よくお客様に「日本語上手いわねえ」と感心された。カタコトの敬語に嬉しそうにチャイナ服を着こなしていたから、日本人にさえ思われていなかったがそれもまた面白かった。毎日恥をかいてはその分成長していった。

28 お兄ちゃんたちの存在

私が私立の学校へ行ってしまったがためにかさむ授業料。お兄ちゃんたちも働いて工面してくれていた。お兄ちゃんたちはものすごく家族想いで母さんを助けるのはもちろん、妹の私を思いっきり可愛がってくれた。

お兄ちゃんたちがそれぞれ働くようになってからは、私にも誕生日プレゼントをたくさんくれたし、それ以外にもシューズや洋服まで買ってくれたり、食事にも連れて行ってくれた。十八歳の誕生日にはルイヴィトンで手帳を買ってプレゼントしてくれて、初めてのブランドに舞い上がったのをよく覚えている。

歳が離れているのもあり、とにかく可愛がってくれて、私もお兄ちゃんたちが大好きだった。それにお兄ちゃんたちは優しいだけでなく、頭も良くてスポーツも万能でユーモアのセンスまであったから、男女問わず大の人気者だった。

ちなみにバレンタインの時は、いつもチョコレートを手提げ袋いっぱいに持って帰って来て、二人で数を競い合うほどだった。二人ともお気に入りの子からもらったものは大事そうに部屋へ持って行って、残りは私と母さんにくれたから、この時期になると私も母さんも決まってチョコレート太りしていた。

バレンタインだけでなく、日頃からお兄ちゃんたちの「妹」として扱われるから、先輩たちからも可愛がられたし、得をすることが多く本当二人とも自慢の兄だった。

私たち三きょうだいは、昔からすごく仲が良かった。三人で映画を観に行ったり、一番上のお兄ちゃんが車を買った時は頻繁にドライブをしたり、海へ行ったりしていた。四つ上と七つ上のお兄ちゃんにくっついて色んな所へ行ったり、遊ぶのは何もかもが刺激的で好奇心旺盛な私には楽しくて仕方なかった。

また母さんも、三人が仲良くしている姿を見るのが一番嬉しそうだったし、うちには手に負えない父さんがいてくれたおかげで、子どもたちの結束が強くみんなで母さんを守ったり、家族を大切に想う気持ちが大きかった。

そして高校三年生の文化祭には母さんとお兄ちゃんたちを招待して、片っ端から友達に紹介していった。年頃の女の子が家族をみんなに紹介することに、母さんもお兄ちゃんたちも嬉しそうにしていたけど、一番私が嬉しかった。

小さい頃からずっと、いくつになっても家族は私の自慢だから。そしてノリの良い家族は私の友達からも好かれていて、よくお兄ちゃんたちや母さんは話題に上がった。うちにもみんな遊びに来てくれたり、人気者の家族だった。

29 運転免許証

高校三年の夏に十八歳になった。実は前々から計画していたことがあった。それは十八歳の誕生日を迎えた夏休みに運転免許を取ることだった。そのためにバイトも頑張っていたし、自分のお金で取ると決めていたので、なるべく安く済ませるために合宿免許のパンフレットをもらって来て、その時期に一番安い所を見つけて予約していたのだ。

そして誕生日が来たら、すぐに荷物をまとめて福島の合宿所へ向かった。旅気分ですごく楽しかったし、人好きの私はすぐにみんなとも仲良くなって、教習所も合宿所も友達だらけになった。

筋金入りの勉強嫌いなのに、なぜか要領だけは良かったので教習をパパッと終わらせては、仲良くなった友達と遊びに行ったり、ご当地グルメの白河ラーメンを食べに行ったりとプチ旅行を楽しんでいた。それに遊びたいがために勉強もしっかりしていたので、学科も技能もトップで仮免許を取得して、無事に東京へ帰って来た。

そしてすぐ本免許も受かり運転免許を手に入れた。母さんもすごく喜んでいたけど、私も自分のお金で自分で計画して地方へ行き、一週間の合宿生活をして、勉強をして、合格してと……、免許以上のものを手に入れた気がして嬉しかった。

多くの経験をした十八歳の夏だった。

30 恋愛

高校三年間は、とにかく恋愛をたくさんした。

母さんは男の人をほとんど知らないまま父さんと結婚して失敗したので、私にはよく、色んな人を見ることは大事だと言っていた。

私は女子高に入ったから、合コンは頻繁にあるしバイトもしていたので、出会いは常にあった。この頃は常に誰かと付き合っていて、恋愛が楽しくて仕方なかった。デートをするのも記念日を過ごすのも喧嘩をするのも、そして別れも。すべてが良い経験になった。

また私はお兄ちゃん子だったこともあり、年上の男性に惹かれることが多く、逆に年上の男性に可愛がってもらえることも多かったので、色んな所へ連れて行ってもらえた。

頭の中は恋愛でいっぱいだし、常に彼氏を優先させて出かけたり外泊も増えたから、母さんは少し淋しそうにしていた。それでも、この時は彼氏や友達といる時間が楽しかった。

31 卒業

授業はほとんど受けてないようなものだったが、単位だけは落とさずにいたのでギリギリ卒業できることになった。この高校三年間は本当に楽しくて、自分を変えることができたのが嬉しかった。

小さい頃から酒乱の父さんがいて暴力が普通にある日常で、怯えたり不安をずっと感じながら生きてきたらか、自信がなかった。自分から発言することもできないし、人の目を気にして人に気を遣って人に合わせることばかりだったからか、心が疲れやすかった。

そんな中、女子高は人目を気にせず思いっきり馬鹿ができたし、はじけたことによって本来の明るい性格が戻って来た。何より「自分」を持てるようになり、意見や発言もできるようになったし、男子の目や細かいことも気にせず堂々と行動できるようになった。

だけど母さんからしたら、大胆で頑固で気が強くて馬鹿に磨きがかかったことが嫌だったみたいで、よく、この高校に通わせたのは間違いだったと言っていた。それは母さんが私の暗い部分を知らなかったから。

私は昔から家族想いですごく優しかった。だけどその優しさが時に自分を追い詰めたり苦しくなる時があって、もしあのまま真面目に生きていたら、目の前で起きる不安な日々をそのまま受け止めていたら……。今でも考えるとぞっとすることがある。私は高校に入って少しすれてしまったけど、それは私にとっては大事な逃げ道だった。

3章

自由をめざしたら

32 新たなるスタート

高校を卒業したら、ずっとやりたかった仕事があった。それは稼ぎのいいキャバクラの仕事だった。

高校時代もアルバイトをずっとしていたけど、学校の授業料を払ったり運転免許を取ったり友達と遊んだりで、お金はすぐになくなるので、もっと稼いでみたいと思っていた。

年頃なのでブランドの財布とかにも興味があったし、お洒落もたくさんしたかった。そして何より親孝行をしたかった。小さい頃から、母さんが働いて家庭を支えてくれている姿をずっと見ていたから、そんな母さんの負担を少しでも減らせたらと、いつも思っていた。

それに、二十歳の成人式で着る振袖は自分で用意をしようと決めていた。あくまでも自分のことは自分で。成人式に自立した姿を見せるのがすごく楽しみで、これからの新たなるスタートにワクワクが止まらなかった。

学校というものが終わり、自由に羽ばたけるようになったことが、ここからの人生を良くも悪くも大きく変えていくことになる。

33 キャバクラ

キャバクラといえば、新宿・歌舞伎町。

そう思っていた私は、まずはそこからスタートしようと思って面接へ行った。昼間のアルバイトとは違って、すごくあっさりとした面接に驚いた。履歴書はほとんど見ずに、質問等もないまますぐに働くことになった。要は実践のみ。

ド素人の私がどこまでできるかを見られるんだろう、と察した私は急に緊張してきた。スタッフさんも、とくに教えてくれるわけでもなく、聞きたいことがあればすべて女の子に聞いてと投げやりだったので、緊張しながら色々と聞いた。

たまたま話しかけた女の子が、気さくな上に親切だったから一から丁寧に教えてくれて、私の緊張もしだいに和らいでいった。それからオープンの時間になり、次々にお客様が来店。いよいよ私も呼ばれた。

初めてのお席はすでにできあがっている五、六人の若いグループだったので、合コンのような感じだった。仕事していることを忘れてしまうような空間で、ノリの良い私は完全に溶け込んでいた。また次も、その次も、グループで来られていたお客様の席についた。

グループの席はただワイワイと盛り上がることが多かったので、合わせて笑っていればよかった。お客様と同じ数だけ女の子がついたので、その度にほかの女の子を観察することにした。女の子たちの動きに注目すると、十人十色で接客方法が違うことに気づいた。

ある程度の決まりさえこなしておけば、自由でいいんだ。むしろ自由（個性）がいいんだと思ったらますます面白くなって来た。ワイワイするのは私に合っていて、本当に楽しいと思った。そして帰りに店長から向いているねと褒められて、がぜんやる気が出た一日だった。

34 歌舞伎町

翌日からは一人で来店されるフリーのお客様にもついた。たとえ粗相があっても許される魔法の言葉「新人です」と「夜の世界初めてなので、何かお気に召さないことがあったら教えてくださいね♡」を先に言うことを思いついた。

それで大抵のお客様は何かあっても許してくれるし、逆に気づいたことなど教えてくれるので都合が良かった。お金を支払う立場の人間から、ああした方が良い、こうするともっと良くなるよと直接教えてもらえるから、私もどんどん接客が上手になっていった。

昔からすごく素直な性格だったので、教えてもらったことはそのまま実践していった。この素直な性格と人懐っこさと、持ち前の明るさで指名も取れるようになっていき、どんどんとお客様が増えていった。

　そんなことでやりがいも感じながら楽しくお仕事をしていたある日のこと。私に色々と教えてくれて親切にしてくれた女の子に呼び出されて、更衣室へいった。そしたら誰もいなくて「あれ?」と思った瞬間だった。背後から思いっきり蹴られ、さらにナイフを突きつけられてこう言われた。

「なに客取ってんだよ!! オメェの客じゃねーだろうが。色目使ってんじゃねーよ。今すぐこの店辞めて出てかねーと殺すぞ!!」

　私は「あっ、これマジでヤバイやつだ」と彼女の目と口の中を見て、とっさに自分の荷物を持ってドレスのまま店を出た。彼女の口の中はボロボロの歯が数本しかなかった。

　それが何を意味していたかは私でもすぐにわかったし、明らかにイッちゃってる目も怖かった。高校卒業したての私にはあまりにも衝撃が強過ぎて、店に出るときのドレス姿のまま、ただ呆然と歌舞伎町を歩いていた。

35 新しい拠点

　ナイフを突きつけられた恐怖は大きく、別のお店を探すことにした。それに歌舞伎町はお店へ向かう時も帰る時も、ホストやスカウトのキャッチがしつこく、当時はまだ規制もなかったため、腕を掴まれたり店までついて来たりと強引だった。それも嫌だったので、場所ごと変えて次は渋谷で働くことにした。

五反田生まれ、五反田育ちの私にとって、渋谷は山手線でたった三駅なので中学生の頃から買い物に行ったり、高校三年間は友達と毎日のように渋谷で遊んでいたので、表の道から裏通りまですべて把握しているホームだった。

その慣れた場所で、新しい店を探して働き始めたら何もかもが最高だった。歌舞伎町のような殺伐とした雰囲気はまったくなく、スタッフさんもキャストもみんな仲が良くて和気藹々。すごくアットホームなので私もすぐに溶け込むことができた。

従業員同士の仲が良いから、連携も取れて仕事もしやすく店の雰囲気も良かった。終わった後はみんなでおしぼりを巻きながら他愛もない話で盛り上がって朝まで一緒に過ごしたり、楽しい日々が始まった。渋谷に店を変えたことは正解だった。

36

待ちに待った成人式

二十歳の誕生日が来て、とうとう成人式を迎えることになった。高校生の時から楽しみにしていてこの時のためにお金も貯めていた。

　事前に母さんと一緒に相談しながら私に一番似合う真っ赤な振袖を選び、スタジオで記念撮影もした。当日も着付けからヘアメイクまで、すべてプロにやってもらって式へ行き、地元の友達との久しぶりの再会に盛り上がった。みんなで集合写真を撮るなど良い記念になったし、楽しい時間を過ごした。

　そして何よりも母さんが一番喜んでくれた。三人きょうだいの末っ子が無事に成人を迎え、振袖から何まですべて自分で用意して、晴れの姿を見せてくれたことに感動して涙を浮かべていた。

「本当は母さんが用意すべきなのに、ごめんね」とも言っていて、その言葉が少し切なかった。母さんは私に、私は母さんに互いに「ありがとう」と言った。母さんは気にしていたけど私は逆に嬉しかった。

　もしもうちに余裕があってすべて親が用意していたら、この成人式は特別なものにはならなかっただろう。自分で用意して楽しく過ごせたことが自信につながって、私は少し得意げでもいた。私にとって最高の成人式になった。

37 頼られる喜び

二十歳になって堂々とお酒が飲めるようになったので、友達と遊ぶ時は決まって居酒屋だった。よく地元の友達とチェーン店の安い居酒屋さんに集まっていた。まだ学生の友達もいて、夜の仕事をしている私はお金に余裕があったのでよく奢ったりもしていた。

家にもまとまったお金を入れられるようになったし、母さんの誕生日にはお洒落なレストランを予約して連れて行けるようにもなった。そして一緒にショッピングへ行き、ルイヴィトンの手帳を買ってプレゼントしたりした。母さんや友達、みんなに喜んでもらえるのがすごく嬉しかった。

だけど私が夜働いているのをいいことに、父さんからお金の無心をされることも増えていった。父さんはギャンブルもしていたので「ちょっと笑美子、お金貸してくれない？」は日常茶飯事だった。もちろん仕事もしてないので返すあてもなく、私は貸すのではなくあげると承知のうえで渡していた。

一度「お金がない」と嘘をついたことがあったけどその日、母さんから暴力混じりに奪い取っていたのを見た。私が渡さないと母さんから力ずくで巻き上げると思って素直に従うことにしたのだ。

だけど私はこのことはあまり気にしてなかった。昔から家族を大事に想っていたのでお金を渡すのも当たり前だと思っていたし、それよりも、もっと稼ぎたいと思う気持ちの方が強くなっていた。

38 夜の世界

夜の仕事を始めて、気がついたら三年が過ぎていた。接客は自分に合っていてすごく楽しいし、やりがいもあるので毎日充実していた。

この頃になると本指名のお客様もたくさんいて、指名ランキングは常に上位だった。だけど私がどれだけ頑張っても、ナンバー3が限界だった。ナンバー1、2にいる子は、もちろん容姿端麗だけど、それ以上に異性を惹きつける魅力を持っていて、何よりも演じる能力が格別に高かった。

楽しいふり、時には悲しいふりをしてみごとに男性の心を奪う姿は、見ていて勉強にはなったけれど、良くも悪くも嘘をつくのが苦手な私にはできるわけもなく、ナンバー3止まりだった。

こんな私を好んで会いに来てくれるお客様たちは、みんな良い人ばかりでノリも良かった。

私を恋愛対象として見るわけでもないので下心も無く、ただ一緒にお酒を飲んで楽しい時間を過ごす人が多かったので、何のストレスもなかった。

それで高い時給も出て、終わったらキャバの子たちと飲みに行ったり、ｃｌｕｂへ遊びに行ったりと、毎日、ハメを外して楽しい日々を過ごしていた。

変わってく心

ナンバーも常に上位で仕事も楽しかったのでフル出勤していたら、月に百万円稼げるようになっていた。この頃になると指輪にネックレス、時計にバッグに化粧ポーチとすべてがブランド物に変わり、高い下着や服を着て香水をたくさんつけて夜の街へ行くことが多くなった。

キャバ嬢仲間とホストクラブへもよく行ったし、移動はすべてタクシーになって、お釣りは受け取らなかった。時には学生の子を雇って家と店までの送り迎えをしてもらって、お金を渡すこともあった。

稼ぐことはできても使い方を知らなかったために、どんどんと悪い方へ変わっていく自分がいたが、まったく気づかずに、それどころかエスカレートしていった。母さんとスーパーへ買い物に行き、私が払うと言うと「大丈夫だから」と言う母さんが嫌だった。大丈夫じゃないのは知っているし、お金はあるから受け取って欲しくてお金を投げるように渡したこともあった。母さんは落ちた一万円札を拾いながら小さい声で「ありがとう」と言った。ものすごく暗い表情をしていたけど、見たくなくて目をそらした。

家が貧しいから、私はお金を渡して助けてあげているんだ、だから何も言われる筋合いはないと思っていた。私なりの生き方を楽しんでいるから放っておいて欲しかった。

ごめんとありがとう

恋愛体質の私は常に誰かと付き合っていたし、のめり込むことも多かった。好きになると離れたくなくて、よく彼の家に転がり込んだりもしていた。

この時は初めて彼氏と同棲することになって、浮かれていた。相手は年上だったし私もキャバクラで働いて稼ぎもあったので、三軒茶屋の高層マンションでベランダからは六本木ヒルズも見える、夜景も綺麗な部屋で暮らすことになった。

母さんは私が決めた事はいつも反対せずに応援してくれていたので、同棲も私の成長だと見守ってくれていた。ところが一ヵ月が過ぎた頃くらいから、彼との喧嘩が絶えなくなった。彼は昼の仕事で私は夜の仕事だったので、生活時間も合わなかったし、一緒に住んでみたことで見えなかった部分が見えてきて、互いにぶつかり合うようになった。

そんなある日、彼が帰って来てチャイムをずっと鳴らしていたのに、私は寝ていて気づかなかった。しつこく鳴るチャイムでようやく起きた私が「ごめんね」と扉を開けたら、ものすごい剣幕で怒り、逆に私が下着のまま追い出されるということがあった。

その一件で完全に冷めた私は、翌日、彼が仕事へ行ったのを見計らって、母さんに助けを求めた。母さんは急いで来てくれて、一緒に荷物をまとめてすぐに家に連れて帰ってくれた。ここ最近はずっと放っておいて欲しいと思っていたのに、どんなことがあってもすぐに助けに来てくれて放っておかない母さんに、涙を流しながらありがとうと伝えた。

41 兄からの一言

久しぶりに実家へ帰ると二番目のお兄ちゃんに呼び出された。一番上のお兄ちゃんは厳しい所もあるけど、二番目のお兄ちゃんはとにかく私に甘くて優しいので、何だろうと思っていたら意外なことを言われて驚いた。

それは最近の私についてだった。最初に私がキャバクラで働くってなった時には誰も反対しなかった。それは目的があったから。だけど今の私はどうなのってことや、家を出て母さんが実はすごく心配していることなどが伝えられた。そして最後に今の笑美子の生き方はカッコ悪い!!と言われて深く傷付いた。

例えばこれが母さんや一番目のお兄ちゃんから言われていたらそんなに何も思わなかったんだろうけど、とにかく優しくて、普段から説教など一切しないタイプの二番目のお兄ちゃんから言われたことが衝撃だった。確かにキャバクラで働き出す時は母さんの支えになりたいとか、成人式に立派な姿を見せたいとか、そんな優しい想いが強かったのに、今の私ときたら……。

完全に夜の世界にのまれている。自分を見失っていたことに気づいてハッとなった。同時に調子に乗っていた自分が急に恥ずかしくなり、その日のうちに店に電話して退店することを伝えた。

4章

変わる、変われる

42 チラシ配り

キャバクラを卒業した私は、次の仕事を探していた。夜働いていたから生活が昼夜逆転していたので、まずは乱れた生活習慣を改善したかったのと、何よりも狂った金銭感覚を戻したかった。そこを重点にして探して、見つけたのがポスティングの仕事だった。

チラシをポストに投函する仕事で、もちろん日中の業務だし、歩いて投函するから運動不足解消にもなって健康的だった。何よりも魅力的に思ったのが一枚配ると二円入ることだった。

金銭感覚を取り戻したくてお金の大事さ、有難みを今一度、感じるべきだと思った私は、すぐに電話して面接に行き翌日から働くことになった。いつも考え方はお馬鹿だけど、行動力だけは素晴らしいと思う。

チラシ配り一日目の朝、事務所へ行くと、若い女の子は私一人で、ほかには年配の男性しかいなくて驚いた。しかもみんな小汚い恰好で、それぞれにチラシが配られるのを待っていたんだけど、その様子があまりにも異様で暗くて、私は完全にミスった、場違いな所へと来てしまった!!と一瞬で後悔した。

ちなみに私は、金髪でキラキラした上下セットアップのスウェットを着てそこに並んでいたので、みんな不思議そうに見ていた。完全に浮いていた。

43 重労働

何事もまずはやってみないとわからないもので、ポスティングの仕事は想像以上の重労働で驚いた。まず一日目のノルマが千枚だったんだけど、二種類のチラシを同時に配るので、二千枚を持ち歩かなければならなかった。

それを千回ポストに入れるわけだけど、マンションやアパートといった集合住宅だけではないので、一軒家が多いと自然と歩数も多くなる。また日中の陽の暑さに体力を奪われ一層疲れを感じた。そしてすぐにほかのおじさんたちの「小汚い恰好」の理由がわかった。

なぜなら、チラシのインクで手も服も汚れるからだ。私もすぐに、手は真っ黒になり、したたり落ちる汗を拭っていたので顔も黒ずんだ。服なんてびっしょりかいた汗とインクとで大変なことになっていた。

化粧もすべて落ちて、見られたものじゃなくなっていたけど、そんなことがどうでもよくなるくらい大変だった。知らない土地や路地裏などを暗くなってから通りたくなかったので、何がなんでも明るいうちに終わらせたかった。それには休んでいる時間なんてなかった。

お昼ごはんは歩きながらパンを食べて、水分補給も歩きながら。一日ずっと歩き回りチラシを配り終えると、家に着くのがやっとで玄関に入った瞬間、倒れ込んだ。

そしてこれだけ頑張った今日の給料を、疲れきった頭で考えた。チラシ一枚二円で二千枚配ったから……、えっ、四千円!?!?!?!?!?

その計算を何度したかわからない。私は呆然としたまましばらく玄関に座っていた。

44 プラス思考

ものすごく大変で、労働と給料が見合っていないのもわかっていたけれど、私はポスティングの仕事を続けた。へこたれそうになると、二番目のお兄ちゃんから言われた「笑美子の生き方はカッコ悪い」を何度も思い返した。とにかく自分を変えたくてがむしゃらだった。

私もポスティングに適した「小汚い恰好」をするようにした。上下黒のスウェットでインクが付いても目立たないように。そして汗で化粧は落ちるからすっぴん。日焼け止めだけ塗って、髪はじゃまにならないように一本に後ろで縛っていた。

気がついたら、働いているおじさまたちとも仲良くなり「今日も頑張りましょう!!」とか話すようになった。朝の事務所でチラシをもらう時しか顔を合わせることはなかったけれど、それでも朝の数分間、私が明るくかけ声をかけると、みんな嬉しそうにしてくれた。

疲れて帰って来るから夜もぐっすり眠ることができ、すぐに生活習慣も改善された。早寝早起きになり、一日中歩き回っているから、みるみる痩せていった。ダイエットにもなり陽を浴びて心も身体も健康になって、少ないとはいえお給料も入るんだから最高！と思えるようになっていた。

45 有難い存在

チラシ配りの仕事も徐々に楽しくなった。知らない土地へ行けるし、いろんなマンションや家を見ながら歩くのは楽しかった。たまに高層マンションなんかがあると、多くの世帯が住んでいるため、ものすごい数のポストが並んでいて、それを見るだけでテンションが上がったし、一気にチラシを入れて行くのは気持ちが良かった。

逆に閑静な住宅街だと家と家が離れているので、十枚配るだけでもめいっぱい歩く時があった。いつもランダムにエリア分けをされるのだけど、そういう高級住宅街なんかは大きな一軒家が立ち並んでいるから配り終えるのが大変で、夜までかかることもあった。

そんな時に、母さんが何度か助けに来てくれたことがある。母さんはもともと花が好きなので、高級住宅街のお宅やお庭を見て楽しそうにしていた。実際はそんなに手伝えていないけど、母さんが一緒にいるだけで私も気分が変わったし、「ダイエットになるわ」と言って張り切っている母さんを見て嬉しかった。

そしてきっと母さんも、私の一生懸命に働く姿を見て嬉しかったのかも知れない。母さんはいつも応援してくれていた。しかもただ見守るだけでなく、大変なこともすべて一緒に乗り越えようとしてくれる。その姿にいつも救われていた。

46 運命の日

ポスティングの仕事も半年経った頃、いつものように大量のチラシを持ち、電車で配布エリアへ向かっていた。その日は祝日で、車内も少し混雑していた。

目的地へ着き人の迷惑にならないように、急いで重たいチラシを降ろそうとした瞬間だった。後ろから誰かに思い切り押された私は、そのまま前へ勢いよく転んだのだ。ホームに両手両膝をついた反動でバラバラになったチラシが私の周りに散乱していた。

何が起きたのかとすぐに顔を上げると、そこにはいかにも夜の世界で働いていそうな若い女の子が立っていた。倒れた私に「汚ねんだよ。その若さでそんな仕事しかできねーの。邪魔だわ」と言い放って去って行った。

私はその瞬間に涙が溢れでてきて珍しく声を出してわんわん泣いた。だって私、半年前まであなたと同じ所にいた。ブランド物を身にまとって、香水バンバン付けて偉そうにしていた。もしかしたら私も、インクだらけになっている同じ位の年の子がいたら、見下していたかもしれない。

良かった。本当に良かった。する側になってなくて良かった。

そう思った瞬間、自分を変えたくてがむしゃらに頑張って来たことが、すべて報われた気がした。私は嬉しくて嬉しくて、しばらくホームで泣いていた。

今日の出来事は神様が頑張った私にくれたご褒美だと思ったし、押し倒して暴言を吐いた女の子にさえ感謝した。あの子のおかげで私は、見失っていた物すべてを取り返した気がした。

私にとって一生忘れられない出来事だ。

47　昼の仕事

この一件でもう大丈夫だと安心した私は、次のステージへ進みたくなった。

お金の大切さも、自分がいかにろくでもない人間だったのかにも気づくことができたし、ポスティングの仕事は心も身体も、たくさん健康にしてくれた。ものすごく良い経験だったと大満足したからだ。

やっぱり人好きな私は、また人と直接関わる仕事がしたくなった。今度はイタリアンレストランのホールで働くことになった。

そこは商店街の中央にあり、地域密着型のお店だった。ランチではサラダビュッフェを売りにしていて、多くのお客様で賑わっていた。広くて大きなテラスがあり、青空の下で太陽の光を浴びながら、お料理を運んだり接客したりという仕事ができることが何より楽しかった。

従業員の方たちもみんな良い人ばかりで、公私ともに仲よくなった。花嫁修業としてキッチンにも入らせてもらって、料理や盛り付けを教えてもらえた。それだけでなく仕入れにも同行させてもらって、食材の見方を教わったり、休憩中も世の中の常識を色々と教えてもらって、ためになることばかりだった。

48 人の優しさ温かさ

このイタリアンレストランは地域密着型ということもあり、常連さんで溢れていた。いつしか私も、みんなから「笑美ちゃん」と下の名前で呼んでもらっていた。

常連のお客様たちはみんな親切で優しくて、お土産や差し入れもたくさんくれて、接客をしている側の私が、逆に喜ばせてもらうことの方が多かった。いつもお客様たちと色んな話をして盛り上がったし、体調を崩して休んでいた時は、大丈夫だった?と家族のように心配までしてくれて、多くの人の優しさにも触れた。

そして毎朝、出勤時に商店街を通ると果物屋のお父さんが「今日も頑張ってね」と言ってくれて、総菜屋のお母さんが「いつも良い笑顔してるわね」と言ってくれたり、帰りもパン屋のお母さんが「笑美ちゃん、お疲れさまー」……、といたる所から声をかけてくれて本当に温かくて幸せを感じる日々だった。

ここに来て、人と接することがいかに大切かを知った。人から学ぶことが多いことも。

人との関わり合いがすごく楽しいと思っていたある日、急に上会社の都合でお店が閉じられることになった。一緒に働いた仲間や、常連のお客様たちみんなと離れるのは淋しかったけれど、仕方がないので、ここで学んだことを活かしつつ、次のステップへ進むことに決めた。

49 爆弾おにぎり

接客業を極めたいと思った私は、求人誌を見ながら大きなお店を探していた。

そこで目に止まったのが、日本料理屋だった。そこには著名人や芸能人も通う料亭と書かれていた。何といってもマナーや所作だけでなく、和のおもてなしが基礎から学べますと書かれており、見た瞬間に「絶対ここで働く！」と大声を上げてしまうほどにビビビと来た。

応募条件に大卒以上と書かれてあったが、無視して電話すると、後日、面接へ行けることになった。いつものことだが、こういう所が馬鹿で行動力だけはある私の良い所だと思う。

そして面接当日は気合を入れて、拳二つ分くらいある大きな大きなおにぎりを握った。白飯に海苔を巻いただけのシンプルなおにぎりだけど、見た目は爆弾みたいでデカくて笑えてくる。これをお守り代わりにした。高卒の私は応募条件も満たしていないし、すぐに帰らされるだろうと思ったので、帰り道、このデカい爆弾おにぎりが私を笑顔にしてくれるはずだから、どこかで食べて元気になってから家に帰ろうと思ってのことだった。

50 意気込み

お店へ着くと、いかにも高級そうな門構えに驚いた。そしてすぐに着物のお姐さんがやって来て案内された。

都心とは思えないほど広い敷地に美しい庭が広がって、まるで異世界のようだった。面接をしてくれたのは支配人で、奥さんの故郷がたまたま私の田舎と同じだったこともあり、ビックリするほどに話が弾んだ。

なぜここで働きたいと思ったのかを聞いてもらえたので、接客業を一から学びたいこと、接客に対しての熱い想いを伝えたら、真剣に聞いてくれた支配人が、では一緒に頑張りましょう、と言ってくれた。

私は予想もしていなかった言葉に、嬉しさを隠しきれなかった。多くのラッキーと自分の行動力の結果だった。帰り道にベンチを見つけて座った。私が働くことになった料亭を遠くに見ながら、バッグからデカい爆弾おにぎりを取り出した。

不思議と、このおにぎりのおかげですべて上手くいった気がして、ありがとうを伝えた。そしておにぎりを食べながら、私はここで働くんだ、一から出直すつもりで多くのことを学ぶ、よっしゃー!!頑張るぞぉ!!とワクワクしながら、そんな気持ちで店を眺めながらパクついた。

51　喉の渇き

初出勤の日、今までに経験したことが無いほどの緊張をしていた。まずは着付け。お姐さんが一から丁寧に教えてくれて、着ては脱いでを繰り返し、半日は更衣室で過ごした。

それからお店を案内されると少し緊張もほぐれ、その広さや美しさにウキウキした。だけどあまりにも広く個室もたくさんあるため、覚えるだけでも大変だった。最初はお料理を部屋の前に運ぶだけの仕事だけれど、不慣れな着物や下駄で広大な敷地を行ったり来たりするのには苦労した。また懐石料理では多くの器を使うこととその重さにも驚いた。

下げ物もしながら、高価な器を割らないように、美しい料理を崩さないようにと気を張りながら、慣れないお庭などをあちこちと駆けていたので、緊張と疲労から異常に喉が渇いていた。お水を飲むタイミングもないし、そもそも私から言い出すこともできない。

そんななか、お運びしていると度々目にする、竹から水が流れてカコンってやつ。あの水がやたら美しく美味しそうに見えて、喉から手が出るほど飲みたかった。後に私が飲みたくて仕方がなかったものが、「ししおどし」という名だったと知った。

52 壁

お運びの仕事が落ち着くと、今度は礼儀作法など教養を身につける学びの時間が始まった。もちろん、和のマナーなど何も知らない私は、詰め込まなければいけないことが多すぎて割とすぐに頭がパンクした。

細かい手の動きなど、所作も一から丁寧に教えてもらったけれど、もともとがさつな私は習得するまでにかなり時間がかかった。そもそも丁寧語も上手に使えなかった私が、尊敬語や謙譲語を学ぶなんて……。

今まで「オッケー」「かしこまり〜」とか言っていた人間が急に「承知致しました」「恐れ入ります」を使いこなさないといけないのは、あまりにもハードルが高い。

おっちょこちょいですぐに無礼を働いてしまうので、最初は温厚でとても優しかった教育係のお姐さんも、そのうちイライラを隠しきれず、私の足をバンバンと叩くようになっていた。

しかも早い段階で頭がパンクしている私は、何に対して怒られているのかもわからず混乱しているしで、教育係のお姐さんもお手上げ状態だった。後に主任が様子を見にやって来て「どう？」と聞くと、お姐さんが「先が見えません」と答えているのを見て、私は思っていたよりも遥かに大変な道のりだということを悟った。

接客業を極めたいと思ってここへ来たけど、接客まで至らない。だけど、このダメだ、不足だらけだと思わせてもらえることが、すでに成長の一歩な気がして楽しかった。家に帰っても身につくまでずっと練習していた。

53 負けない心

しごかれる日々が続いたが、何もかもが初めてのことばかりで楽しくもあった。着物が上手に着られるようになっていくのも、所作が身についていくのも、謙譲語を使っている自分の姿も、すべてが嬉しくて楽しくて仕方なかった。

そのうちに先輩のお姐さんと一緒にだけれど、お部屋に入ることも許されるようになった。おぼつかない手つきでミスもあるけれど、お姐さんたちに指示をもらい、フォローしてもらいながら懸命に働いていた。

ある日の朝に出勤すると、更衣室で数人のお姐さんたちが私の陰口を叩いていた。「あの子本当に飲み込み悪くて足手まといよね」「支配人は何であんなの雇ったのかしら」「うちの店にそぐわないわよね」などと言いたい放題だった。たまたま聞いてしまった私はショックで朝礼にも出ずに、奥の個室へ行き思いっきり泣いた。

言われたことを思い返したり、考えると涙が止まらなくなるので、目をしっかりと開けて深呼吸した。その時、客室から見えた庭園があまりにも美しくて、心がスッと軽くなった。ちょうど新緑の季節で、青々とした木々が私に力をくれたように思えた。

それからしばらくは一部のお姐さんに意地悪をされたが、気にせずむしろいつも以上に笑顔で明るく振る舞うようにした。屈しない姿を貫き通せば、そのうち終わることはわかっていた。今は一人ぼっちだけど、じきに私には多くの味方ができる。その時に、向こうがどう態度を変えてくるのかが楽しみにさえも感じた。

まるで自分が勝つことがわかっているオセロゲームのような。どう色を私色に変えていくか、その過程を楽しむことにした。

54 実りのある日々

半年もたつと仕事にも慣れてきて、ようやくお部屋も一人で任されるようになった。ご案内から接客にお見送りまで、すべて一人で担当できるのは、人好きの私にはたまらなく嬉しかった。

持ち前の笑顔と明るさと気立ての良さがうけて、多くのお客様からお心付け（チップ）もたくさん頂戴した。それらはすべてお店に渡す決まりがあったので、その度に良い評価も頂いた。

同時に主任からも信頼されるようになり、著名人や政治家などのいわゆるＶＩＰのお部屋にも入らせて頂いたりと、毎日が刺激的だった。

この職場で一番素晴らしかったのは、教育に力を入れてくれている所だった。焼き物、器などを教えてもらったり、日本酒やワインにシャンパンなどは企業から講師まで招いて研修を受けさせてもらったり、料理講習も料理長直々だった。

正しい知識に深い教養、これらを学ばせてもらえるのは自分の自信にもつながって、ますます最高のパフォーマンス（接客）ができるようになっていった。多くのことを学んで習得していく日々が楽しくて仕方なく、毎日がとても充実していた。

55 みんなの妹

入店して間もない頃からすごく可愛がってくれたお姐さんがいた。おっちょこちょいの私をいつもフォローして、優しく丁寧に教えてくれて、そのお姐さんがいたから頑張れたこともたくさんあった。

いつの日か、そのお姐さんとプライベートな会話をしていた時に、兄弟の話になって私が三人きょうだいの末っ子だと言うと「妹っぽいとは思っていたけど本当に妹だったんだね。そのまんまじゃんっ!!」と大笑いされた。そして「今日からみんなの妹ね」って言って私のことを妹って呼ぶようになった。

そのお姐さんは、仕事もできるうえにさっぱりとした性格で、多くの従業員から絶大な支持を得ていた。そんなお姐さんが、私らしいあだ名をつけてくれたおかげで、次第にみんなから妹と呼ばれるようになっていった。

ミスをしても妹だから仕方ないって笑われたり、「また妹は～」と言って手を焼きながらも世話をしてくれたりと、徐々にみんなの態度が変わっていった。お姐さんのおかげで私は自分らしく楽しく仕事ができた。

「妹」という、優しく温かい愛称をつけてくれたことに心から感謝した。

56 ついていく自信

気づけば料亭で働き出して、数年が経っていた。

この頃になると私も指導する側になっていて、次々に入ってくる新人さんと一緒にお部屋に入ることもあった。私に「妹」という愛称をつけてくれたお姐さんは、結婚して子どもができて辞めてしまったけれど、お姐さんが私にしてくれたように新しく入って来た方には優しく接するよう心掛けた。

緊張する気持ちも、萎縮からミスしてしまうことも、誰よりもよくわかっていたつもりだったのでなるべく楽しく、時には冗談交じりで教えるようにした。教えながら新人さんの一生懸命な姿を見ると、以前の自分を思い出して熱いものがこみ上げてきた。

当時は、まったくわからない世界について行くのがやっとで、頭が常にパンク状態だったのに、今の自分は新人さんに配慮して指導までしている。あの時はこんなこと、想像もできなかった。

今まで無我夢中でここまで来ていたから気づかなかったけれど、一度立ち止まって振り返ってみると、自分がどれだけ成長したか、逞しくなったかがよくわかって感動した。

何よりも自信がついたことが一番嬉しかった。そして強く想っていた「接客を極める」ということも、だいぶわかった気がした。

57 オセロの結果

この大きな料亭には従業員が百人以上いた。私のキャラクターがお店の雰囲気にあまりにもそぐわなかったので、入った当初は悪口を言われて邪険にされたり、一部の人間からいじめられたりもした。

思いっきり涙を流したこともあったけれど、それでも私らしく明るく振る舞い笑顔を絶やさなかった。

その結果、日に日に仲間が増えていき、気づけばほぼ全員と仲良くなっていた。私をいじめたお姐さんは、私がどんどんと人気者になって行くたびに、私と目が合うと気まずそうにしていた。

私は大丈夫よ、気になんてしてないわと言わんばかりに冗談を言ってみたり、明るく話しかけたりと私から心配りをした。私にしたことは良くないけれど、だからと言ってそんなことで気まずい顔はして欲しくはなかった。

仕事中の人間関係くらいは楽しいものであって欲しいと思うのは、嫌がらせをされたからこそわかることだった。されたことに仕返しした時点でマイナスの出来事だけれど、自分で止めて変えていくことですべての出来事がプラスに変わる気がした。

私は嫌がらせが始まった時から、不思議とオセロのことを考えていた。最初、私の色は圧倒的に少ない。だけど考えながらゲームを進めていくことで、必ず私の色だらけに変わっていくと妙な自信だけはあったが、本当にそうなった。人間関係や人生はもちろん勝ち負けではないけれど、自分の色に変わる時が来ると信じて歩めばその通りになることがわかった。

58 卒業の日

ある日一番上のお兄ちゃんがお店を始めようと言った。それはずっと夢に見ていたことだったので、飛び上がるほどに嬉しかった。

長年働かせてもらった料亭を卒業することになったのだけど、少しの未練も無いほどにやり切った感があった。多くのお叱りを受けて多くの学びがあって多くの経験をさせてもらって、これでもかってくらい得た物が多くて大満足だったので、とても幸せな卒業となった。

退職の日、出勤するとお姐さんたちが次々に私の所へ集まってくれた。「妹!! 辞めるって本当？」「聞いてないわよ」「淋しくなるわ」と言って理由を聞かれたので、兄たちと店をやることを伝えたらみんなが「応援してるね」「頑張ってね」と激励の言葉をくれた。

なかには泣き出すお姐さんもいて私もつられて涙を流した。オセロのゆくえまでは読めても、こんな退職の日を迎えられるとは夢にも思っていなくて、感動と感謝でいっぱいだった。

これは私が一生懸命頑張ってきた先にあった、大きなプレゼントのように感じた。心がとても熱く満たされた一日だった。

5章

昇って落ちて

59 TRIO

いつか家族でお店が開けたらいいな、なんて昔から思っていたけれど夢のまた夢だった。それぞれに働いているし、叶わない夢だと思っていた矢先に話はやって来た。

一番上のお兄ちゃんの行きつけで私もよく行っていたバーが、店主の体調不良により急遽店を閉じることになったのだ。そして店主の方が常連だったお兄ちゃんに話を持ちかけたのが始まりだった。

お兄ちゃんがやると決めてから私たちに声がかかった。私たち三きょうだいはすごく仲も良いし、ともに乗り越えてきたものもあったから強い絆で結ばれていた。

そんな想いを込めてなのか、お兄ちゃんが店名を発表した。

「TRIO」に決めた‼って言われた時は、家族みんなが心を打たれた。とくに母さんは「これ以上の店名はないわ。すべてがつまってる」と感動していた。なんとも家族想いの長男らしい店名の付け方だった。

私たちには喜びと一緒にワクワクの波が押し寄せた。何を出そうか、どんなお店にしようか、みんなで提案をして意見を言い合っているだけで楽しかった。急に全員が同じ方向を向き出したことが嬉しくて、私たちはもちろん、母さんも完全に浮かれていた。

一から創り上げる喜び

最初はとにかく何でもやってみた。田舎が奄美大島なのでその郷土料理をランチで出してみたり、夜はダーツやプロジェクターを置いてスポーツ観戦もできるようにしたりと、多種多様で自由な遊びを提供できるようにした。

最初は知名度を上げるためにチラシを大量に刷った。そこで私の出番。ポスティングの経験をまた活かせる日が来るとは思ってもいなかったが、今度はチラシの内容が直接関わっているものだけあってより丁寧に、そして一枚一枚想いを込めて投函した。

昼の時間帯には駅前もすごい人で溢れているので直接チラシ配りも始めた。もともと人が大好きな私は直接手から手で渡せることが嬉しかったし、持ち前のスーパー笑顔で配っていたので受け取ってくれる人も多かった。そして受け取った人がそのままお店に流れてくれることもあった。

それから一ヵ月程過ぎた頃には、チラシを配っていると「ＴＲＩＯさんでしょ？　今度行くねー」とか「ＴＲＩＯ、この間行ったよ。また行くね」とか、徐々に名が知られていくようになっていて、それは見事に店の売り上げにも反映された。

少しずつお客様が増えていく喜びを感じて、自分たちで店をやるっていうのが、いかにやり

がいがあり面白いことかと知って、とても充実した日々を過ごしていた

61 自由

私たち三きょうだいが生まれ育った街で店を出したこともあり、お客様は地元の人も多くて中学校の先輩や後輩も大勢集まってくれた。ものすごくアットホームで来る人来る人みんなが仲良くなり、毎晩のように誰かしらが集まってダーツをしたり、ゲームをして盛り上がっていた。

お店に来る常連の女の子たちとはプライベートでも遊ぶようになって、店が休みの日はみんなで居酒屋に集まって飲んだり、旅行まで行くほどに仲良くなっていた。お店で働きながらも友達と遊んでいるような感覚に、徐々に公私混同していったと思う。

何より家族経営ということもありすべてが自由にも思えた。この前の仕事が料亭で厳しかったから、自由な環境で働けることが楽しくて仕方なかった。働きながらも遊んでいるような。

お客様からお酒をいただくこともあったし、自分でも好きな時に好きなものを飲んでいた。新しいリキュールはすべて試したし、オリジナルのカクテルを作ったりとお酒作りも面白くて、軽く飲みながら仕事をするのが当たり前になっていた。

異変

店を始めて一年経った頃には、多くの常連さんたちで賑わうようになっていた。季節ごとにイベントをすれば大盛り上がり。そういった計画をするのも面白かったし活気にあふれていた。

だが、その頃から私に異変が現れるようになった。

もともと奇抜でぶっ飛んでいる所がある私は、お酒を飲んでハメを外すことが多かった。またその割にすごく気を遣う性格で、自分の意見をハッキリ言えずストレスを溜めやすいのだが、お酒を飲んで気が大きくなると発言できたりと、別の自分が出てくる面白さもあった。

いつの頃からか、毎晩お酒を飲むのが当たり前になっていて、夜になると変身できるのが楽しみにもなっていた。最初は気持ち良い気分になれる、変身できる、みんなとハメを外してワイワイできる、とそんな感じで楽しんでいたが、そんな生活が数年続くと、気づいたらお酒が無い生活には戻れなくなっていた。

夜に変身をしない自分が考えられないし、シラフでいると自分がつまらなく感じるようにもなった。お店ではお客さんと一緒になって飲んで、店が終わると今度はプライベートで飲みに行く。このスタイルが当たり前になっていた頃、徐々に変化が表れるようになったのだ。

お酒

酒は体質的にもかなりの量が飲めた。気持ち悪くなったり、頭が痛むようなこともなく大量飲酒した翌日も二日酔いになることはなかった。むしろまたすぐに飲みたくなって夜が来るのが楽しみだった。

お店ではお客様と一緒に嗜む程度だったが、店が終わるとすぐに行きつけの店へ行った。私の住んでいる地域は飲み屋が多く、そこで働く者たちが仕事終わりに寄れるような朝や昼まで営業しているお店も多数あった。またそこに行けば同業者が多く集まっているので、みんなで仕事終わりのお疲れ乾杯をして朝方まで楽しんでいた。

賑やかな所が大好きだった私はそんな生活にハマって、毎日浴びるようにお酒を飲むようになっていった。酔っ払うことが楽しいと思ったから、お酒を飲む＝酔うが当たり前になり、酔わない日がなくなった。

最後は必ず泥酔して一日が終わるようになって、記憶を飛ばすことも多々あったが不思議と必ず家で寝ていた。台所で寝ているか、もしくは自分の部屋で寝ている時もあれば、Ｔシャツを着てＴシャツを履いて、まさかのダブルＴシャツで寝ていたこともあったが。その時はまだ笑えるレベルだった。

崩れゆく

何度か記憶を失っていくと、今度は記憶を失わない日がなくなっていった。深酒が当たり前になり、飲み始めると、酔っ払うまでノンストップで飲んでしまう。途中で切り上げることができなくなって、自分ではストップが効かなくなっていた。

必ず最後はベロベロになって記憶がなくなるので、翌日起きてから異常な不安感を待つようになった。記憶がない間の不安や恐怖。そして飲みすぎた、やらかした、と後悔の波が押し寄せる。

それでもまた、夜になると飲みたいという衝動に駆られる。最初は嗜む程度でやめられたお酒も、年月を重ね一度乱れたら崩れていくのも早かった。そして一度崩れると、なかなか元の飲み方に戻ることができなかった。

「今日は二杯で帰るぞ。少し飲んで雰囲気だけ味わったら帰ろう」と決めて飲みに行っても、必ず二杯が三杯になり三杯が四杯になった。一度お酒を口にすると止まらなくなる。それでも今日こそは、今日こそは、と夜な夜な出掛けるようになる。

そんな状態が続いた頃にはもう笑えないレベルに達していた。

失っていくもの

毎日お酒を飲んで泥酔していると、当たり前のように無くし物が増えていった。携帯を飲み屋に忘れて帰って、翌日に取りに行くなんてざらにあったし、財布まで忘れて帰ったこともあった。

酷い時だとバッグごと無くて、朝起きて青ざめる。何とか記憶を引っ張ってこようとするが、まったく思い出せず警察署へ。あるときはタクシーに忘れていったと保管されていて、あるときは路上に落ちていたと、通行人が届けてくれていたので保管されていた。

どちらにしろ、届けて下さった方々のおかげで戻ってきたのだが、その時は心より感謝をするわけでもなく、簡単に心の中で礼を言って終わらせていたと思う。そんな考え方だから現状は悪化する一方だった。

一度べろべろに酔っ払っている時に、若い男性に目の前で財布を盗られたことがある。だけどあまりにも自分が泥酔していたために、追いかけることもできなかった。その財布の中にはお気に入りの自分の幼少期の写真が入っていた。もちろん保険証や免許証に銀行のカードまで入っていたが、その財布が手元に戻ることはなかった。

だが、まだ物を無くしているだけなら良かった。

こんな状態で日々過ごしているから友人との約束も守れなくなっていった。いついつ会う約束をしていても、寝過ごしたり平気で嘘をついてドタキャンするようにもなったし、待ち合わせに行けたとしても、明らかにお酒の残っている状態で行ったり、それこそ酔っ払っている時もあった。

完全に信用はなくなっていた。付き合いの長い友人でさえもどんどん私と距離を置くようになり、気づいた時には多くの物や人を失っていた。

嘔吐

お酒によって私生活が乱れ始めた頃に、もう一つ私に異変が現れるようになった。

私はもともと食べるのが大好きで、好き嫌いも一切なく何でも美味しい美味しいと食べる方で、量も多かったから、二十代半ば辺りから徐々に太りだしていた。

年頃の私は太っているのが嫌で、様々なダイエットを試していたが、一番効果が出たのが食べた物を吐くことだった。好きな物をどれだけ食べても、出してしまえば一切太らないことに最初は感動まででした。

今思えば間違ったダイエット法だとわかるのに、その頃は良い方法が見つかったとばかりに、繰り返すようになっていた。もちろん体は食べ物を摂取していないから、みるみる痩せていった。あっという間に一〇キロ落ちて、着られる服が増えて毎日楽しくて仕方なかった。

細い自分、おしゃれをしている自分、が嬉しくてまたこれも飲み屋に行きたくなる理由のひとつだった。この頃は可愛くて男性に言い寄られたり、チヤホヤされることが多くて、飲みに行っても支払いは必ず店内にいる男性がしてくれていた。

こういう思いができるのも私が痩せているからだ、痩せて可愛いからだ、と思い込んでしまっていたため、このダイエットはエスカレートして行くのが早かった。

67 過食症

最初はよかった。どんどんと痩せていく自分に自信が持てた。今まで着られなかったサイズの服が着られるようになり、お洒落を楽しむ自分が好きになった。

だけどそこに落とし穴があって、気がつくと抜け出せない状態になっていたのだ。吐くと痩せるので、今度は食べる（吸収する）ことが恐くなっていた。食べ物を体内に入れると一気に太るんじゃないかと思って、食べたものはすべて吐くようになった。

そんな日々が続くと、体が栄養不足になって信号を出すのか、今度は食べたいという欲求が強く出るようになった。四六時中、頭の中は食べることでいっぱいになって暴飲暴食をするようになった。

一度食べだすと止まらなくなった。そしてまた吐く。それを繰り返しているうちに、胃がどんどんと大きくなっていって一度の食事が大量じゃないと気が済まなくなり、大食い選手権みたいになったその光景は、異常だったと思う。

誰もがおかしいと気づくくらいだったけれど、その時の私はもう自分をコントロールできなくなっていたし、自分の頭の中は食べることで支配されているために、客観視できなくなっていた。自分が相当ヤバイ状況にあることに気づけなくなっていた。

68 摂食障害

本来吸収するべき食べ物を、すべて吐いていたために体重は三七キログラムまで激減。体はガリガリ、肌はボロボロになったが、自分ではその状態が美しいと信じ込んでいた。

体は栄養不足で、常に食べ物を欲する指令が脳から出ているので、取り憑かれたように食べては吐くを繰り返す。吐くことが前提にあるから、食べ物は何でもよかった。

とにかく食べたいという衝動に駆られているのもあって、味より量だったから安い菓子パンにカップラーメン、大袋のお菓子に半額の弁当など、とにかく安くてボリュームのあるものを買い漁っていた。

最初は、痩せたい、綺麗になりたい、という思いから始めたことだったのに、途中からはお洒落もどうでもよくなって、お金はすべて食べ物に消えていった。何も残らない物。美味しい物でもなく、ただ吐くために食べる物。そこにお金が消えていくことでやっと自分でも異常だと気づいた。

だけど気づいた時には戻れなかった。

太るのは自信を失うのと一緒だと思い、食べ物を吸収するという選択肢はなかった。だけど、食べ物を大量に買い漁ってガツガツと一気食いする姿は、自分が怪物になったようで嫌気がさした。

そして吐く時には、何のために何でこんなことしているんだろうと悲しくなって、泣きながら吐くようになった。それでも抜け出せない。辛い。

どうしたらいいのかとインターネットで調べたら、摂食障害と出て来て、ここで初めて自分が心の病気だということを知った

避ける、逃げる

私の異変には、もちろん母さんも気づいていた。お酒に飲まれて酔っ払って帰ってくることも、異常な量のご飯を食べることも心配して、大丈夫なの？と声をかけてくれていたが、当時はとにかく放っておいて欲しくて、冷たい言葉で突っぱねていた。

自分のやっていることが正しくないとわかっていたから、母さんの目を見ることができなくて、なるべく会わないようにしていた。極力避けて、それでも会う時は気にする母さんを無視して部屋に行ったりした。第二の反抗期が来たかのような振る舞いだった。

私はもともとは優しい子だったはずだけど、もうそこに以前の姿はなかった。お酒と食べ物に取り憑かれていた私は、性格までも変わってしまっていた。早く飲みたい、早く食べたい、が頭にあるために他のことを考えられなくなっていた。

こんな自分を見透かされたくなくて、家族から逃げるようにしていた。兄弟で始めたお店からも離れて、派遣のバイトをするようになった。その時は誰にも何も言われたくないという気持ちが強く、とにかく一人になりたかった。わかってはいるけど止められない自分がいて、どうしたらいいのか自分でもわからなくなっていた。

堕ちる

ここに来る（二〇代半ば）までは、結構頑張っていた方だと思う。夢があり、目標があり、一つ一つ叶えていく嬉しさを味わいながら、多くの経験をして学んで働いてお金も貯めてすべてがむしゃらだった。苦しいこと、嫌なこともあったけれどすべて順調だった。

だけど急に音を立てるように「ガタガタガタ」と、何もかもが崩れていった。お酒にハマり、摂食障害になり、性格が変わり、友人が離れていき、家族に心配をかけて自分がどんどんと堕ちていく。

今まで経験したことのない喪失感。心に穴がポーンと開いてしまって、自分ではその穴を閉じることさえできなくなって、軽い鬱症状まで出るようになった。

ダメな自分、やらかしてしまう自分が情けなくて、最低で、ヘコんで、落ち込んで、不安でいっぱいになる。なのに……。それでもまた繰り返す。現実逃避したくてお酒にはしる。飲み始めれば楽しくて、嫌なことなんてすぐに忘れられた。その場が楽しくて仕方なくなり、お酒も止まらなくなる。

酔っ払ってやらかして、また翌朝酷く落ち込む。そんなどうしようもない毎日から抜け出せなくなって、堕ちるところまで堕ちていった。

71 ぶつかり合う

その頃父さんも変わらずお酒を飲んでいたのでよくぶつかり合った。父さんは自分を棚に上げて、他人を非難するのが得意な人だったので、私のこの状態に対して色々と文句を言っていた。

私は、父さんにだけは言われたくないと反抗した。お互いお酒が入っているので、ヒートアップして揉み合いの喧嘩になることも幾度となくあった。小さい頃はずっと父さんの口ぐせの「おまえ、このやろー」を聞く度に怖くて固まっていたけれど、ある時「おまえ、このやろー」と父さんが言って近づいて来ると、私の中の怒りが最高潮に達して全力で父さんを押し倒した。

その瞬間は、過去の弱かった自分を振り払うかのような気持ちでいっぱいだったけれど、倒れている父さんを見たら、一気に切なくなって、家を出て思いっきり泣いた。

私は何をやっているんだろう。

変わらない父さん。そしてそんな父さんが嫌いで、辛い思いもたくさんしてきたのに、父さんと同じことをしている……。行き場のない思いで、しばらく涙が止まらなかった。

72 神様

小さい頃は、どんなに父さんが暴れて母さんがケガしても、私自身怯える日々を過ごしても「父さん」であることは変わりなくて、いつか優しくなる、穏やかに暮らせると希望を持っていた。

だけど高校生くらいから、何一つ変わらない父さんに嫌気がさして、「この人」と思うようになっていた。他人と思いたくなるようなことなんてたくさんあったし、問題を起こす度に神様に問うことがあった。

「何で優しくて温かい母さんが辛い目に遭っているのに、横暴な父さんが平然と生きてるの？父さんさえいなくなれば、みんな平和に過ごせるのに……」

と。父さんがいなくなるように、何度も何度も神様にお願いしたことがあった。それを母さんに言ったら、そんなことを思ったらダメだと強く念を押された。

「神様は自分の心の中にいるものなの。笑美子が悪いことを考えていたら、そっちに思いが引っ張られちゃうの。人間はほんの一瞬で魔が差す時がある。その時に怖いことが起きるの。その一瞬の隙を無くすためには普段から悪いことは考えちゃダメよ。穏やかな気持ちでいることが大切だから神様にもありがとうございますと感謝をしなさい」

と言われた。その日から神様に悪いことを願うことはなく、ただ感謝をするようになった。今思えばこの話を母さんがしてくれて本当に良かったと思う。でなければあの頃の私は、一瞬魔が差すようなことがたくさんあった。どんなことがあっても信念を貫き通す母さんの姿が、私を助けてくれていた。

73 親孝行とは

高校生でアルバイトを始めた頃から、親孝行をずっとしてきたつもりだった。母さんに多くのプレゼントを贈ったし、頻繁に食事にも連れて行ったし、色んな所へ旅行もした。

女手一つでどころか、父さんの世話までしながら育ててくれた母さんには感謝しているし、今まで多くのものを我慢してきた母さんを、単純に喜ばせたいという気持ちからだった。

ある日、私がお酒の飲み過ぎで意識を失って運ばれた。病院で担架に乗って目を覚ました時には、家族がいた。泥酔していて起きなかっただけなので、すぐに帰らされたが、母さんは明らかに動揺していた。

みんなもすごく心配していて、もちろん叱られた。みんなから色んなことを言われたけど、なかでも、

「親孝行、親孝行って言ってるけど、実際はどうなんだよ。心配をかけないことが一番の親孝行なんじゃないの？」

と一番上のお兄ちゃんに言われたその言葉が、すごく痛く胸に突き刺さった。

その日から母さんは夜が怖いと言った。警察から電話がくるんじゃないかと。私が倒れた、運ばれたと悪いことを想像してしまって、夜も眠れなくなったと言っていて私も苦しくなった。

本当に親孝行って何だったんだろうか。母さんを幸せにするどころか悲しませている。そう思って胸が締め付けられた。

74 アルコール依存症

倒れて運ばれて心配をかけたことで、家族に禁酒を誓った。自分でも迷惑はかけたくないし、失敗する度にくるお酒が抜けた時の、鬱っぽくなる感覚が嫌だった。

こんな生活から抜け出したいと、藁（わら）にもすがる思いでアルコール依存症を専門とした心療内科や、自治体が行なっている断酒会にも参加した。でも、なぜ飲みたくなるのかや、失敗談を聞かれてますます落ち込んでいった。

結局、どこへ行っても気持ちが暗くなるだけで、治し方が見つからなかった。治したいのに治せない。もがき苦しんで、またお酒を飲んでしまってを繰り返す。意志が弱いと言われても自分では止められない。

母さんに「父さんのお酒のことで、ずっと辛い思いをして来たのに何で」と言われるのがすごく辛かった。私もずっと辛い思いをして来たし、誰よりもお酒で崩れたくないと思っていたのに。何でこうなるのかわからなかった。自分でも誰かに教えてもらいたいくらい。

止めればよいだけだとみんなに言われても、その「止める」ができないから依存症なんだと思った。ここで初めて、自分はアルコール依存症なんだと認めることができた。

75 家族会議

わが家では私がやらかす度、父さんの時もそうだけれど、家族会議が開かれた。

それはもう、嫌で嫌で仕方がなかった。大量飲酒した翌日は血行が悪くなって、酷い肩こりがあった。全身が気怠く、気分は最悪。酷く落ち込んでいる時に聞かれるので、心身ともに辛い時間だった。だけど、みんなが心配してくれて、なんとか良い方向へ導こうとしてくれているのはわかった。

ある時、私が自分の状態が嫌でどうしようもなくて、わけがわからなくなって泣きだした時に一番上のお兄ちゃんに言われたのが「マイナスから始めるんだから、どんだけ伸びしろあるんだよ!!」の一言だった。

なぜかその言葉にすごく救われた。自分はどうしようもないと思っていたけどまだ這い上がれる。こんな自分でも、まだまだ人生は終わってはいない。

これからだ!! これから成長してみんなを安心させられるようになろう!!

そう決めた瞬間に心が軽くなった。いつでも私を救ってくれたのは家族だった。家族が決して見離さずに、その時の状態を見ながら言葉をかけてくれたおかげで前を向くことができた。

6章

運命って信じますか

76 出逢い

気持ちを切り替えられるかと思い、派遣で各地を回れる仕事に就いた。富山や埼玉と色々なところへ行き、そのたびに新しい出逢いがあり友達もたくさんできた。なかでも静岡で運命的な出逢いをすることになる。

仕事終わりに行った飲み屋さんで、たまたま隣にいた男性と意気投合して盛り上がった。私自身、知らない土地で、知らない人と知らないことを話すのは楽しくて仕方なかったので、静岡の美味しい物や、観光スポットなどを聞きながら会話を弾ませた。

私もコミュニケーション能力だけは高かったけれど、彼もノリが良くて話上手なので、あっという間に仲良くなり帰り際に名刺をもらった。この時代に連絡先を交換しようとかでもなく名刺って……。見た目は軽そうなのに、意外としっかりしているところが好印象だった。

店の外まで一緒に出てバイバイをして別れたら、彼は一度も振り返らずに帰って行った。なぜか下を見ながらずっと歩いていて、さっき私と目線を合わせながら楽しそうにしていた彼の姿とはまったく違って見えた。その哀愁漂う後ろ姿に不思議と私も目が離せなくなり、彼が見えなくなるまでずっと目で追っていた。

あんなに悲しそうな背中を見たのは初めてだったので、すごく印象に残っている。

そして、この出逢いこそが、すべての運命を変えていくことになる。

77 海外旅行

派遣の仕事でお金を稼ぎながら、海外旅行にも頻繁に行くようになった。好奇心旺盛な私は、何もかもが目新しく映る海外旅行に夢中になった。勉強が何より嫌いだった私は英語がまったくできなかったので、ジェスチャーで伝え合った。

初めて会う、見知らぬ人とのジェスチャーゲームが最高に面白いと思ってしまったために、英語はまったく上達しなかったけれど、「This one, please!」だけ覚えたら、ご飯を食べることはできたので、そのレベルで海外を一人旅した。

ベトナムでは現地の子と仲良くなり、バイクの後ろに乗せてもらって街を案内してもらうなど、仲間うちに入れてもらってみんなで飲んだり遊んだり楽しんだ。コミュニケーション能力の高さは、海外でも通用するとわかり嬉しくなった。

色んな国へ行って、その土地土地の美味しいお酒も飲んだけど、酔っぱらったらマズいとわかっていたため、ほどほどにすることができたのも、もう一度昔のようにやり直せるという自信になり嬉しかった。

貴重品も取られないように、隙を見せないようにしていたし、自分を守りながら常にどこかで気を張りながらも旅行を楽しんでいて、旅行は自分を成長させてくれると思った。

考え方の変化

キャバクラで働いていた時には、ブランド物をたくさんもらったり自分でも買ったりで、全身ブランド物を身に付けていたけれど、それも海外旅行をするなかで変化していった。

高価な物を身に付けた身長一四六センチメートルの小さな女の子が一人で旅をしていたら、ターゲットにされると思い、一〇〇円ショップのアクセサリーやファストファッションを身にまとった。なるべく現地人と変わりない格好をして、東南アジアを旅した。

知らない物や場所、人と出逢い、多くのことを感じとって学んだけれど、着飾っていた時に得たものって何だっただろう。ブランド物を脱ぎ捨てて一人旅をしていると、多くの人に助けられ親切にされ、人の温かさに触れて感謝でいっぱいになった。

ここで初めてお金は学びや経験、人のために使うのが一番心が満たされると気づいた。お金の使い方も意識が変わったし、何より海外旅行の帰りの飛行機の中での時間が好きだった。満足感に達成感。何事もなく無事に帰国できる安心感。楽しかった思い出と感謝の気持ち。それから愛する家族が待っている大好きな日本に帰れる喜びを噛みしめる幸福な時間だった。

日本から出るまでは気づかなかった日本の良さに気づき、海外へ行く度に愛国心が湧くようになった。発展もサービスも安全も過ごしやすさも何もかも、日本で生まれたことだけでもラッキーなんだと……。何気ないこの平和な日常にこそ感謝しようと気づいた。

79 再会

旅行にハマった私は、しばらく派遣の仕事をしながら国内や国外を旅するようになった。多くの人や物との出逢いは楽しくて仕方なかった。そんな時、前に静岡で出逢った男性のことをふと思い出した。バッグのポケットの奥に名刺が残っていた。もう何ヵ月も経っていたので駄目元で連絡をしてみたら、最初、向こうは忘れていて、誰だと怪しんでいる感じだった。私が出逢った時のことを話すとようやく思い出したのか、次第に明るい口調になり、ノリの良い彼に戻った。

何カ月も経って急に連絡が来たからビックリした様子だったけれど、あからさまに嬉しそうだった。それから頻繁に連絡をとるようになり、互いに興味が湧いてきて連絡から一週間後に会うことになった。

彼の住んでいる沼津へ私が行って、久しぶりの再会に乾杯した。なぜかすごく気が合って話が弾む。やっぱり彼との時間は楽しい、と再確認した所で告白された。もちろん答えはＹｅｓで久しぶりの連絡から一週間、たった二回しか会ったことのない彼とのお付き合いがスタートした!!

決断

それから、毎日多くのやり取りをした。まだ二回しか会ったことが無かったから知らないことだらけで、一日に何時間話しても足りないくらい楽しかった。

そしてまた遠距離だったので余計にお互いを燃え上がらせた。会いたくてもすぐには会えないことで、かえって心の距離が縮まっていった。そんな日が続いた頃に私が大きな決断をした。彼のいる沼津へ行って一緒に生活をするのだ。

好きな人と一緒にいたいという気持ちもあったけれど、それ以上にその時は地元にいることが辛かったから逃げだしたいという思いもあり、絶好のチャンスだった。

決めたとなれば行動だけは早い私は、すぐに段ボールに衣類をまとめて彼の家へ送った。ちょうど、実家に住んでいた長男夫婦に子どもが生まれた時だったので、私が実家を離れるタイミングとしては最高の時だった。

アルコール依存症に摂食障害の私が家にいて、みんなに迷惑をかけるよりは出て行った方が良いと思っていた。それに初孫に喜ぶ母さんの姿を見て、今なら私が遠くへ行っても大丈夫だろう、赤ちゃんが母さんの淋しさを紛らわしてくれるだろうと思った。

81　辛い日

家を出るという決断は家族に猛反対された。私の状況が悪いまま遠くへは行かせられないし、それ以上にどこの誰かわからない人の元へ行くとなれば、反対されるのも当然だった。だけど一度こうと決めたら曲げられない私は、強く突っぱねて家族と口論になった。私は家族と縁を切ってでも行くと言い放ち、その場から立ち去ろうとしたけれど、兄たちに止められた。

私の決断が通らないことや、わかってもらえないことに取り乱して、涙が止まらなくなり、結局みんなから強く反対されその場が終わった。偶然にもその日はお盆の初日で、しかも愛する祖父の初盆だった。

一旦、私が落ち着いてから、みんなで迎え火をしようという話になったが、私はその隙に逃げるように実家を出た。走って駅に行って電車に乗り、彼のいる沼津へ向かった。だけど彼に連絡することもできず、彼の家の近くに流れる大きな川の草むらに座り込んで、何時間もずっと泣きじゃくっていた。

すべてが苦しくて辛くて、もうこのまま川に飛び込もうかという考えも一瞬よぎったが、そんな勇気もなく、ただ頭が混乱していて、夜中になってもその場所から動くことができなくなっていた。

そしたらいつものように、彼から電話がかかってきた。私が泣きながら「家出して来た」と言うと、彼は大急ぎで私の元へ来てくれた。私の様子を見て、彼は何も聞かずに家へ連れて帰ってくれた。私はしばらく放心状態が続いた。

82 生死

その深夜、私は過度な精神的ストレスから、幻覚に幻聴、過呼吸になり上手く息が吸えなくてパニックに陥った。隣で寝ていた彼もその様子に気づいてすぐに起きると、私の前で大きな深呼吸を始めた。

真似するように言われて、とにかく必死になって彼と同じように呼吸をした。次第に落ち着いてきたが、気を抜くとすぐに過呼吸になってしまうので、しばらくずっと彼に合わせてゆっくりと呼吸をした。そのまま寝たのか意識を失ったのかわからないけれど、気づいたら朝だった。

そして今度は全身が痒くて痒くて仕方なくて、見たら全身に蕁麻疹（じんましん）が現れていた。それは気がおかしくなりそうなくらいに痒かった。呼吸が乱れていたために、すぐに彼が大きな病院に連れて行ってくれた。先生は私の身体を見るなり、慌て出した。

全身の発疹に呼吸の乱れはアナフィラキシーショックによるものだった。危険な状態だからと説明され、すぐに救急車でもっと大きな市立病院へ運ばれた。そこで点滴などをされてだいぶ良くなった。

元気を取り戻すと、急に母さんが恋しくなって声が聞きたくなったけれど、これ以上心配をかけるわけにはいかないと思い我慢した。そして彼がずっと優しく寄り添ってくれたおかげで、精神を落ち着かせることができた。

83 おじいちゃん

その日私は不思議な夢を見た。小さい頃から祖父と暮らしていた私は、大のおじいちゃん子だった。そのおじいちゃんが夢に出てきてこう言った。「笑美ちゃん、大丈夫だよ。じいちゃんが彼と笑美ちゃんを出逢わせたんだよ。もう大丈夫だから」と言っておじいちゃんは消えた。

その日はおじいちゃんの初盆の最終日だった。妙な出来事になんとも言えない気持ちになったが、不思議と心が軽くなった。おじいちゃんが出逢わせてくれたのならこの選択（家を飛び出して彼の元へ来たこと）は間違っていなかったんだ。大丈夫。自分を信じて進もうと久しぶりに気分が明るくなった。

おじいちゃんがあの世へ戻る前に、私に言いに来てくれたのかもしれない。そんなふうに思えた。前にもおじいちゃんが亡くなった時に悲しみにくれていたら、亡くなった翌日に夢に出てきてくれて、おじいちゃんが優しく頭をなでながら「笑美ちゃん、大丈夫だよ」と言ってくれた。

その数日後にも夢を見た。私はなぜかお金持ちになっていて海の綺麗な所へ旅行に行き、そこで私をママと呼ぶ女の子と遊んでいる夢だった。それらはあまりにも鮮明で、とても不思議な気持ちになったのでよく覚えている。おじいちゃんが私を助けるために見せてくれた夢かもしれない。

運命

彼とはなぜかすごく気が合った。食べ物の好みがまったく一緒で、どこのお店行ってもメニューを開き食べたいものを「せーの」で指差すと、必ず同じものを差すほどに好みが一緒だった。

そして彼もまた若い頃に夜の商売をしていた。しかも驚くことに新宿歌舞伎町で、なんと私が働いていた店の、斜め前の店に勤めていたのだ。

それだけじゃない。彼がその後、建設業で働いていた時には、私の実家のすぐ横にあるマンションを建てに来ていたのだ。私も当時のことはよく覚えていて、大きなマンションができるんだなぁとよく覗き込んでいた。その時に職人さんと目が合って、すぐに下を向いて目をそらしたことが何度かあった。

その時使っていたコンビニも一緒だったし、静岡から東京の現場へ来ること自体が珍しかったらしい。その中で偶然にも私のすぐ側まで来ていたなんて。歌舞伎町でも地元でももしかしたらすれ違っていたのかも知れない。

そして今回、沼津で出逢ったことで、お互い恋に落ちたんじゃないかと思う。彼も私も出逢ってすぐに惹かれ合って、夢中になったのがずっと不思議に思っていたけれど、数々の偶然からやっと意味がわかった。まさにこれを「運命」と呼ぶのだと。

85 喜怒哀楽

好みとか似ているものがたくさんある一方で、まったく正反対のことも山ほどあった。

例えば私は空を見上げながら歩くのが好きだけれど、彼は逆に地面を見ながら歩いていた。それは初めて会った日からずっと気になっていたことで、一切顔を上げずに下を向いて歩き続ける彼に、なんだかすごく寂しさを感じていた。

それと私は喜怒哀楽で言うと喜びと楽しみが強いタイプだけれど、彼は違う。「俺は怒りしか感じないから」とよく言っていて、私はそんなことを言う彼がすごく可哀想に思えて仕方なかった。怒りの裏には悲しみがあることを知っていたから。

実際に彼は怒りっぽかった。私がする些細なことでもすぐにイライラし、怒りをぶつけてきた。私は小さい頃から、父さんが母さんに頭ごなしに怒鳴ったりしているのを見てきたから、簡単に怒る人を許せなかった。ましてや男性が女性に対して声を荒らげるなんてもってのほかだった。

なので、彼が怒る度に「もうあなたとは付き合っていけない。感情もコントロールできないような男には興味がない」と強く伝えて出て行った。私に惚れ込んでいた彼は、その度に必死に私が出て行くのを引き止めた。そんなことが何度か繰り返された後、彼は怒らなくなった。いつの間にか彼から喜怒哀楽の「怒」が消えたのだ。イライラしていた日々が嘘のように穏やかになっていった。

心の闇

出逢った頃の彼は、気になる点がたくさんあった。目つきは悪いし表情が乏しくて、他人には笑顔を出さずに牙を向ける。常にイライラしていて怒りっぽい。

そして物を静かに置けないことも気になった。財布にしても何でも投げるように物を置く癖があったからだ。私は一度、料亭で所作を習っていたから物を美しく置けずに投げる様子はまるで人生を投げ出しているようにも思えた。

それから下を向いて歩くのも、自分の人生から目を背けているように思えた。何かがないとこうはならない。そう思うほどに彼の行動一つ一つが引っかかっていた。

一緒に暮らし始めてから少し経った時、出逢う前の話を聞いたら、やっぱり彼の暗い過去が見えてきた。彼が生まれてすぐに母親が大病を患い入院していたので、親戚の家や知り合いの家に何年も預けられていた。

それから小学生になり、両親と暮らせるようになったが、母親は入退院の繰り返しで、父親はその医療費や生活費を稼ぐために夜遅くまで働いていたから、彼はいつも一人でご飯を食べていた。

母親に一番甘えたい時期に甘えられず、ずっと一人で過ごして来た彼は長いこと、孤独だったのかもしれない。私は逆に、母さんやお兄ちゃんたちから多くの愛情をもらいながら育てられてきたからこそ、彼の醸し出す悲しそうな雰囲気が気になって仕方がなかったのだ。

87 廃人

彼は自分のことを「廃人」と言っていたが、出逢った時の彼はその言葉がぴったりなくらい覇気がなかった。私と出逢う数年前に母親が亡くなって、直後に父親が脳梗塞で倒れた。

彼は自分で小さな建設業をやっていたが、急に倒れて寝たきりになった父親の介護で働けなくなり、彼が夢を持ってやっていた事業はあっという間に終わった。今までの努力がすべて簡単に崩れたことで、彼は一気に気力を失ったのだ。

それだけじゃない。同時に父親の借金が発覚して、それを背負う形となった彼に、さらに追い打ちをかけるように当時（結婚していた）の奥さんの浮気が発覚し、そのタイミングで男の人と逃げたのだ。一方的な離婚だった。

彼はすべてを失い、残ったのは寝たきりの父親と借金だけだった。一番支えて欲しかった時に一番大切にしていた家族にまで裏切られた彼は、人を信じられなくなっていた。

彼が最初に私と喜怒哀楽の話をした時に、「俺は『怒』しかないから」と言った意味が話を聞いてわかった。だけどその裏にはやっぱり悲しみが隠れていたことも明らかになった。この時の彼が「廃人」と化していたのには理由があったのだ。

太陽と月

彼は過去に闇を抱えていて私は心に病みを抱えていた。言わば二人とも一番堕ちている時に出逢ったのだ。

彼は人生を投げていて生きる気力を失っていた。私は気力はあるのに、摂食障害とアルコール依存症から抜け出せずにずっともがいていた。そんな二人は不思議なくらい惹かれ合った。まるで互いの存在を待っていたかのように、すぐに恋に落ちた。

多分、私がしっかりしていたら彼には惹かれないし、彼もしっかりしていたら私には惹かれていなかったと思う。まさにベストタイミングだった。彼は長いこと、暗闇を一人で歩いていたから、元気と明るさが取り柄だった私は、彼に光を与えられる存在になった。

また、ずっと一人で生きてきた彼は、すごく慎重で警戒心が強かったために、軽率で後先考えず、すぐ失敗してしまう私の守り役となった。

私は、空やよそ見をして歩いているから、よく段差や障害物に気づかずにつまずいたりしていたけれど、下を向いて歩く彼が隣に来てからは注意を促してくれるので、つまずいたり転んだりすることはなくなった。

逆に地面しか見ずに早歩きだった彼は、私に歩幅を合わせることで、多くの物に目を向けることになる。季節の草花を見つけては足を止めて見たり嗅いだりと、いちいち止まる私に最初はイライラしていた彼も、次第に優しく見守るようになった。

道を歩くだけでも五感で楽しむ。目的地へ着くまでの道中をも楽しむ。まるで人生みたいに二人で足りないものを埋め合いながら、一歩一歩ゆっくりと歩み出した。

7章

お互いのピース

決心

彼の愛が深かったために、私は安心して「太る決心」ができた。

摂食障害のきっかけは、手軽なダイエットと思い安易に吐き始めたことだったが、痩せていくうちに太ることへの恐怖心が強まった。食べたら（吸収したら）すぐに太ってしまうので、それが怖くて同じことを繰り返す。

このループから抜け出せずにいたけれど、この病気を治すためには毎食しっかり食べること。すなわち太ることを心に決める必要があった。太る＝自信を無くす、と思っていた私にはかなり覚悟のいることだったが、それも彼の存在が後押ししてくれた。

身体は待っていたかのように食べ物を吸収して、驚くべき速さで太っていった。簡単に手に入れたものは簡単に無くすことを知った。だけど、食事をしっかり取っていったん太るだけ太ったら、今度は運動で健康的に痩せようと心に決めていたので、太ることで自信を無くすことはなかった。

むしろ摂食障害と向き合えたこと、太る覚悟ができたこと、ゆっくりと食べものを味わいながら食事を楽しむこと、すべてが嬉しくて仕方なかった。「おデブ、バンザイ!!」って言えるくらい前向きに太っていって、摂食障害はいとも簡単に治っていったのだ。

「太る決心」。ただ、それだけだった。だけどそれができないから、心の病と言われるのかもしれない。人は認められたい生き物なので、病気に対して理解してくれたり、太っても変わらず愛してくれる彼の存在が、私を大きく変えてくれたのだ。

90 成長

それからは食べることが楽しくて仕方なかった。一口一口を丁寧に味わうことや、美味しいものを食べながら会話をして、ゆっくりと食事を楽しむことが心の底から幸せだと感じた。また彼も「怒」しかなかったような人間だったので、食べ物から喜びを感じることは無かったから、私と一緒になって食事を楽しむことをスタートしたのだ。しかも沼津には美味しいものがたくさんあったので、休日には港へ行き海鮮の食べ歩きをしたり、新鮮な魚貝を買っては家で調理した。

美味しいものを食べることに目覚めたと同時に、調理も好きになっていった。平日は家で料理を楽しんで、休日は外食を楽しむ。人から勧められた店や街の有名店などは、片っ端から行くようになり、二人の記念日や誕生日、クリスマスなどはプレゼントを贈り合うのでなく、決まって美味しいものを食べに行っていた。普段は行けないような懐石料理や鉄板焼きなど、いわゆる高級店へ。味はもちろんのこと、華やかな料理の数々は感動するし勉強にもなった。

そして何よりお洒落をして声のトーンを落として、上品な会話をする。その空間も楽しくて仕方なかった。私たちに欠けていたものだったから。少し背伸びをして味わう大人の雰囲気。こういった所に見合うような素敵な大人になりたいと思うと、ワクワクが止まらなくなった。

一年に数回特別な日に行く特別な場所。そこで成長した喜びを感じつつさらに成長したいと心に強く思い描く、そんな経験の数々が私たちの人生を変えていくことになった。

91 料理

食べることの楽しさを知った私は、料理にも力を入れるようになった。

生きることは食べること、しかも美しく生きるには美しく食べることだと思い、食を通して改めて健康を考えることにした。

食材や調理法を学び、調理器具も良い物を買い揃えて、調味料はすべて無添加の物を使うようにした。栄養学なども進んで学びに行き、まずは体の内側から体質改善していこうと決めたのだ。そのために料理は欠かせなかった。

毎日の夕食は副菜、主菜、主食、汁物、果物を必ず入れて、計七品を食卓に並べるようにした。そうしたら食卓は華やかだし、体は喜ぶし、彼も嬉しそうだしで、毎日、晩ご飯の時間が二人にとって幸せを感じる時間になった。

今日起きた出来事などを話しながら、ご飯をゆっくりと楽しむ。これは私がずっと理想としていたことだったから、嬉しさも一緒にかみ締めた。また彼も栄養満点の温かい愛情たっぷりのご飯を食べることで、心が満たされていくようだった。

美味しいものを食べながら過ごす優しい時間は、自然と心を穏やかにしていく。料理をする、食事を楽しむ、ただこれだけのことが二人の心と体を健康にしていった。

92 お弁当

料理が楽しくなった私は、次に節約と健康を考えてお弁当作りを始めた。

出逢った頃の彼は親の借金を抱えていたし、ろくな仕事にもついておらずその日暮らしのような状態だったので、とにかくお金がなかった。だけど私と出逢ってから彼も変わろうと必死になり、友人の紹介で道路工事の仕事に就いた。

一度人生を投げた彼は夜の仕事に戻り転々としていたので、久しぶりに味わう昼の仕事はかなりキツかったと思う。毎朝早くに出て行き、夜遅くまで汗いっぱいかきながら労働してくる。しかも道路工事未経験の彼が、一日中シャベルで土を掘る仕事をしてくるので、みるみると痩せていった。

その様子を見ていて、何か私にもできることはないかと始めたのが、毎日のお弁当作りだった。一生懸命頑張る彼が、お昼の休憩中に少しでも幸せを感じられるように、午前の疲れを吹き飛ばし午後の活力になるようにと願い、何よりも苦手だった早起きをして、彼のために愛情たっぷりのお弁当を作ろうと決めた。

だけどそれまでお弁当など作ったことがなかったので、最初は夜ご飯の残り物を詰めるだけだった。酷い時はお好み焼きに白米だけの時もあり、今考えると関西人でもない彼には申し訳なかったと思うけれど、それでも彼はすべて平らげて帰って来ると、必ず「美味しかったよ、ごちそうさま」と言ってお弁当箱を洗ってくれた。

彼はどんなお弁当でも嬉しそうだった。私の想いが届いていたんだと思う。そして本当にお弁当が活力となって昼の仕事が辛くても辛いとは言わず、ひたすらに頑張る彼の姿があった。そして私もそんな彼を応援したくて、毎日楽しみながらお弁当を作っていた。いつの間にかお弁当は上手に作れるようになっていた。

93 第二の故郷

沼津に来て一年が過ぎた頃には、すっかり丸々と太っていた。食べる喜びを知った私の食欲が止まらなくなっていた。だけど、彼は太った私を気にせず可愛がってくれた。見た目ではなく、明るい性格の内面に惚れ込んでくれていたんだと思う。

急激に太った私は持っていた自分の服はすべて着られなくなったが、大きいサイズを買うのが嫌で彼のものを着ていた。またいつか痩せたい。今度は運動をしてダイエットするぞ、と決めていたからだ。

太ったあげくにお洒落もしていない私を、彼は気にせず色んなお店へ連れて行ったり、友人を紹介してくれた。おかげで仲間がたくさんできて、沼津での生活はすごく楽しかった。

週末になると、必ず友達の店を何件かはしごして朝まで飲んだり、みんなで河原でＢＢＱしたり、祭りにも参加してみんなと楽しんだり、旅行へも一緒に行ったりした。みんなが私を受け入れて仲良くしてくれて、楽しいことばかりでかけがえのない時間となった。

地元を出てこっちに来るときは本当、不安定で辛くて、何もかもから逃げ出したい気持ちだったけれど、それが正解だった。逃げ出す、自分で環境を変える、ということが次への一歩となることを知った。

心機一転、またゼロから始める良いチャンスとなったのだ。私にとって、沼津は心の療養をして、気持ちを新たにスッキリと切り替えることができた、最高の土地となった。

94 家族

家を出てからは、ほぼ毎日のように母さんと連絡を取っていた。兄たちとも家族でのグループラインをしたりと近況を伝え合っていたので、大好きな家族と離れていても淋しさを感じることはなかった。むしろ実家にいた時は私が一方的に避けたりしていたので、離れてからの方が連絡を取り合って向かい合うことができた気がした。

完全に家を出て生まれ育った町を離れて生活してみると、母さんへの想いも強くなって同時に感謝することも多くなった。これは家を出て行かないとわからないことだった。

時々家にも帰ってみんなで夕飯を食べたり、母さんの部屋で一緒に寝たりもした。一度出て行っても常にみんなが温かく迎え入れてくれて、実家があること、自分を想ってくれる家族がいることがありがたく感じた。

そして、ずっと一人で孤独に生きて来た彼にとっても、私の家族は特別な存在となっていた。兄弟がいなかった彼は、お兄ちゃんたちと仲良くなれてすごく嬉しそうだった。お正月にみんなで集まってゲームをしたり、お兄ちゃんのお店（ＴＲＩＯ）の周年イベントを進んで手伝ったりと、いつの間にか家族の一員となっていた。その温かさや優しさ、団結力に触れて、彼もまた私の家族を大切に想ってくれていた。

95 お義父さん

私が沼津に来て二年が過ぎた頃に、彼の唯一の肉親である父親が亡くなった。死因は熱中症だった。二度、脳梗塞で倒れ、寝たきりの状態だったため、彼がずっと介護をしていた。

私も、彼の家へ来てからお義父さんの食事を作って運んだりしていて、お義父さんはすごく嬉しそうにしていた。それは自分のお世話をする人が増えたからとかではなくて、息子に寄り添ってくれる彼女ができたことが嬉しいような、そんな感じが見ていてわかった。

彼が私と大笑いをしたり、ふざけ合っている姿を見て、お義父さんも満面の笑みを浮かべていた。三人で食事をしたりテレビを見ていると、お義父さんもいつも楽しそうだった。

お義父さんは寝たきりになるほどだったので、言葉もほとんど喋れず痩せ細りだいぶ老け込んでいた。そのためか、おじいちゃんの最期と重なる所があり、おじいちゃん子の私は特別な思いでお義父さんと接した。彼が仕事でいないときもお義父さんとお話ししたり、お義父さんが好きなお魚を大量に仕入れて手巻き寿司パーティーをすると、いつもお義父さんは嬉しそうだった。

そんなある日、お義父さんは何の前触れもなくあの世へ旅立った。

私も悲しかったけど唯一の肉親である父親が亡くなって彼が心配になった。だけど彼は私に辛そうな姿は見せず、

「ありがとう。笑美子が来てから親父、嬉しそうだった。笑美子のおかげで最後に少しだけ親孝行できた気がする」

と私に言ってくれた。そして二人だけで小さなお葬式をして送り出した。

最後にお義父さんに何もしてあげられなかったことを謝って、お義父さんとお義母さんが大事にしていた息子さんを幸せにしますね、それが一番お義父さんたちが幸せなことですもんね、私に任せてくださいい、と伝えてお別れをした。

96 借金

父親の借金を肩代わりしていた彼は、とにかく働いた。私と出逢う前の彼は多くのものから逃げていたけど、私の存在が彼に火をつけたのか、今まで逃げていたもの一つ一つと向き合う

ようになったのだ。

　借金の返済も俺がやれる最後のことだから、と前向きに働いて返していった。私もそんな彼を応援したくて、たくさん働いた。食品や日用品、遊興費などはすべて私が出し、彼は家賃と光熱費を出して、それ以外はすべて借金の返済に回した。私も彼のために何かできていることが嬉しかった。

　ふざけて、

「これ、すべて返し終わったら急に別れが来たりして」

「そうそう、よく若手のお笑い芸人が貧乏時代をずっと支えてもらって、売れたと同時に別れるやつね、そんなことしねーよ、俺は。ちゃんと感謝してますよ。いつか楽させるから、まぁ待ってなぁ」

　というようなやり取りを笑いながらしていた。

　私も実際、将来のことはわからないし、彼のために尽くして、もし別れが来ることがあっても、それはそれでよいと思った。なぜなら私も得ているものがたくさんあったから。

　彼のおかげで摂食障害は治ったし、アルコール依存症は、少しずつよくなっていたものの、まだ克服できていなかったが、とにかく二人で頑張って足りない部分を埋め合っていった。

花火大会

毎年七月の終わりに沼津で大きな祭りが開催されていて、私たちも必ず参加していた。夜の仕事をしていた彼は、店を出している仲間が多かったために挨拶がてら巡ったり、友人たちと昼から集まって乾杯するのが定番となっていた。

ある年のこと。夜には恒例の花火大会が行われるのだけれど、昼頃から飲んでいる私はベロベロ。楽しみにしていた花火の時間にはすっかりでき上がっていて、会場の観覧席で彼にもたれかかりながら爆睡していた。

酔ったまま帰宅して、翌日に、

「記憶がない!!　花火見たかったぁ」

と言うと彼が、

「今から一緒に見よう」

と言って携帯を見せてくれた。そこにはぶれることなく綺麗に撮影された、打ち上げ花火の動画があって驚いた。

「えっ、嘘でしょ？　撮ってくれてたの？」

と聞くと、

「楽しみにしてたじゃん」

とだけ彼が言った。普段は好きとか愛してるとか言わないタイプで、愛情表現が苦手な人だけど、そこには愛しかなかった。花火大会で大勢の人がいる中で、私が酔っ払って爆睡しているだけでも迷惑なはずなのに……。

私が喜ぶと思って撮ってくれた動画、しかも綺麗に撮影するために、自分はちゃんと見られなかったんだと思う。私に見せてくれながら「めっちゃ綺麗じゃん」と言って彼も一緒に楽しんでいた。打ち上げ花火って、あの大きな音と迫力があってこそだと思っていたけれど、彼と携帯越しに見た花火はとっても美しく感じた。

98 お酒の人生

彼と一緒に暮らすようになってから、いくらか落ち着いたものの、アルコール依存症が治ることはなかった。

一度飲み出すとやはり止まらなくなる。記憶がなくなり寝落ちするまで飲む。そしてまた起きてはお酒を欲して飲む。酷い時だとその状態が三日間も続く。三日目になりようやく身体が限界を迎えて、お酒を受けつけなくなる。

すると一気に具合が悪くなり疲れが来て肩や頭など全身が痛くなり、大きな不安感が押し寄せて鬱っぽくなる。その状態が辛くてしばらくお酒は控えるものの、また数週間経つと忘れたようにお酒を欲して三日間飲み続ける。

この繰り返しだったが、これでも彼と暮らす前よりは良くなった方だった。前は飲まない日はなかったし、毎日がこんな状態だったから。今思えば、何事もなく生きていることが不思議なくらい。本当そんな生き方をしていた。

彼は私に無理にお酒をやめさせることはなかった。それが何よりありがたかった。私自身こんな飲み方しかできないのにも関わらず、お酒が大好きで、お酒の無い人生なんて考えられなかったのだ。お酒をやめたら人生がつまらなくなる。そんな風にまで思うこともあった。

彼は私がお酒でやらかしたり、具合悪そうにしていると責めるわけでも叱るわけでもなく、「控えようね」とだけいつも言ってくれていた。この一言が私の気持ちをいつも安定させてくれていた。

99 最後の一ピース

彼はお酒で酔っぱらって記憶をなくしたり取り乱すことが一切なかった。お酒も強いし、お酒との付き合い方も上手だった。なので、お酒に飲まれてわけがわからなくなる私の守り役をしてくれた。

彼がいつも隣にいるから、どんなに酔っ払っても必ず家の布団で寝ていた。物をなくすこともなかった。飲んだ時はとことん面倒を見てくれた。

ずっと一人で生きてきた彼はそういう面ではすごくしっかりしていたが、逆に一人で生きてきたからできないこともあった。それは助けあったり分かちあうこと。それが彼には欠けていた。

兄弟もいなく、母親は病気でずっと入院、父親は仕事で出ていて小さな時からずっと一人でご飯を食べて来た彼は、美味しさや楽しさを共感、共有する相手がいなかった。もちろん体調が悪い時に看病してくれたり、辛いことや悲しいことがあった時に話を聞いてくれる人間も側にいなかったため、感情表現が不得意だった。

一方で、感情表現だけは豊かな私が側に来てからは彼も楽しそうにしていた。美味しい物を一口、口にするだけで、全身で幸せを表す私を見て彼もよく笑っていた。私は小さい頃から兄たちとすごく仲が良かったし、何でも分けあって助けあって生きてきたから、彼の持っていない物をすべて私が持っているような感じだった。

だけど逆に私に足りない物はすべて彼が持っていて、お互いに無い物を上手に埋め合うような存在になっていた。それはまるでパズルのような、ずっと探していた最後の一ピースはお互

いがたまたま持っていて、出逢ったことでそれぞれのパズルを完成させることができたような
そんな気がした。

100 借金完済

彼と暮らし始めて三年が過ぎた頃、ようやく借金をすべて返し終えることができて二人で大喜びした。彼もスッキリとした気持ちで嬉しそうだったし、何よりも天国にいるお義父さんが一番喜んでいたと思う。そして私も。

彼から借金が消えていくことが嬉しいわけではなく、自分の人生と向き合って前向きに歩んでいる姿が嬉しかった。初めて、借金があると聞かされた時もまったく驚かなかった。「だったら一緒に返していけばいいじゃん」というのが私の考えだったし、彼に初めてアルコール依存症だと伝えた時も「だったら一緒に治していけばいいじゃん」というのが彼だった。

マイナスから始まった二人だけど、前向きだったから楽しかった。彼はお金は無かったけど、そのかわり私がやることはすべて受け止めてくれたし、私に対しては寛大だった。

私はぶっ飛んでいるかわりにお金の管理だけは唯一しっかりしていて、倹約家だった。小さい頃からお金で苦労することが多かったから、お金の大切さを知っていた。飲みに行ったり遊

びに行っている時はパァーっと使うものの、日常生活では逆にまったくと言っていいほどに使わなかった。

節約も大好きで毎日三店舗のスーパーをまわっては、特売品などを買って料理やお弁当を作っていた。そして毎月二万円を母さんに送っていた。親孝行できる喜びを感じていたし、自分の通帳にもお金が貯まっていくことが嬉しかった。

そしてそんな姿を一番間近で見ていた彼も、他に対しての考え方がどんどん変わっていくようだった。お金は人を喜ばせるためにも大事なものだと。借金完済は二人の人生のスタートラインにやっと立ったような感じだけれど、これからの人生を歩んでいくなかで、自信がついたことは大きなプラスへとなっていった。

101 免許取得

彼が人生を投げていた時に運転免許も取り消しになっていた。もちろんその時の彼は、前向きに行動もできなかったので免許はないまま。地方に住んでいて免許や車がないのは不便も多く、それが理由で仕事も選べずにいた。

この先も免許は必要なものだから、と彼に取りに行って欲しいと伝え、運転免許の費用を渡して合宿に行かせた。自分の時もお金を貯めて取ったけど、他人まで行かせることができた私は、お金の面だけは立派になったと自分で感心した。

お金を貯めるのは好きだったけれど、それ以上に将来のために使うのはもっと大事なことだと考えていたから、彼のために出すのも惜しくはなかった。二人で人生を一からやり直そうと決めていたから。

私も働くのが好きだったので、ほとんど休まずに一生懸命働いてお金を貯めていった。そして元々、努力家だった彼も私の気持ちに応えるように、どんどんと本来の自分を取り戻していった。免許合宿もトップの成績で終え、最終試験も一発で合格。嬉しそうに帰って来た頃にはまた一つ逞しくなった彼がいた。

久しぶりの免許。たかが免許。でもこれは二人がそれぞれ成長している証でもあったので、すごく嬉しい出来事だった。

102 ファスティング

彼が免許合宿へ行っている間、私もファスティング（断食）合宿へ行くことにした。前にまだ摂食障害を抜け出せずにもがいていた時に、一度行ったことがあった。

どうにか過食症を治したいとすがる思いで行ったが、合宿から帰宅するなりすぐに暴飲暴食してしまった。しかも反動で合宿へ行く前よりも過食は酷くなった。

その時に失敗した理由は、太ることが怖かったこと。吸収すると太ると思い込み、すべて吐き出してしまっていたから、結局合宿へ行っても同じことを繰り返す一方だった。摂食障害を治すには考え方を変えること。

一度しっかりと食べて栄養をつける。すなわち太ることだった。それができるようになった私は、見事に摂食障害を克服して丸々と太ることに成功した。見た目は太ったが心が健康になった。

そしてこれからは正しい知識をつけて健康的に痩せたいと思い、二度目の断食合宿へ行ったのだ。心も体もリセットされて、大自然の中、ヨガや運動をしてすごくリフレッシュした。食への関心、意識の変化、多くのことを学びこれまでの習慣を見直すことができた。

そして何よりも食べられる幸せを感じて、一口一口ゆっくり味わい食べ物への感謝をすることも大切だと思った。食べられることは幸せなこと。ずっと私が忘れていたことだった。本来の自分を取り戻せた気がした。

これからも体が喜ぶものを食べよう。質より量だった自分だからこそ、量より質に変えていこうと心から思ったのだ。彼が免許合宿へ行っている間に、私もファスティングをして多くのことを学び、また一つ成長した。

103 ダイエット

ダイエットとは単に痩せることだと思っていた。だから私の場合はすべてが間違っていた。どんなに痩せても美しさが手に入るわけではなかった。美しさは内から出るものだということを知った。

だから私はもう一度、正しい知識を身につけるために、健康や食に関心を持ち学び直すことにした。ずっと勉強嫌いだったのに、ここにきて学ぶことの楽しさを知った。今までの常識がすべて覆されるとショックはあるものの、知ることができてよかったと安堵する方が大きかった。

常識は時代によって変化していくものなので、自分も常にアップデートしていくことが大事なんだと改めて感じつつ、正しい方法で痩せていこうと心に決めた。糖を抑えて野菜やタンパク質を多めにご飯を作り、毎食しっかりと食べながら健康的にダイエットをすること。もちろん間食は無しでその分、運動をして気持ちを切り替える。

有難いことに住んでいる近くには山も川もあったので、毎日大自然の中ウォーキングをしてもまったく苦にならなかった。むしろ清々しく楽しい気分だった。昔からプラス思考ではあったけど、さらに前向きに生きる気持ちの良さを感じた。

前向きでいると自分が楽しくなる。辛かった過去なんてどうでもよくなる。これからの自分のなりたい姿を思い描くだけでワクワクする。嬉しくてニヤニヤしながらウォーキングしていた。ここでさらに前を向いて歩く大切さを改めて学んだ。そして体重は着々と落ちていった。心身ともに健康になっていくのが一番嬉しかった。

104 初めて買った車

ある日、私の職場で、いらなくなった車があると声をかけられた。それは古い軽自動車で走行距離もかなりのものだったが、三万円でいいよと言われたのですぐ購入した。

塗料は剥がれているしボコボコで見た目は悪かったものの、初めて買った車にテンションが上がった。これから宜しくね！と名前も付けた。ダイハツのタントだったから「タンちゃん」。

彼も免許を取った直後の出来事だったから、嬉しそうにしていた。私は運転免許は持っているものの、長らく乗っていなかったので、運転することに怖さがあった。それに慌てん坊で不注意な所があるため、自分でも運転は向いていないとよくわかっていたので常に彼の運転で出掛けた。

彼は、もう自分の車のように喜びながら運転していたし、私も助手席に乗りながらそんな彼を見ているのも嬉しいし、ずっと車が無いことに不便を感じていたので、持てたこと、それだけで幸せだった。

休みの日は遠出をしたり、平日でも時間があれば行くあてもなく走り続けた。ただ乗っているだけで楽しかった。タンちゃんはすぐに私たちの宝物になった。きっとタンちゃんも、喜んでくれる主人の元に来られて幸せを感じているはず。そんな風に思った。

タンちゃんのおかげで行動範囲も広がり、旅行の回数も増えていった。楽しみがまた一つ増えて、私たちと私たちの夢を乗せてどこまでも走ってくれた。

105 親戚

彼には小さい頃から良くしてくれた親戚が広島の尾道にいるが、当時は音信不通になっていた。人生から逃げていた彼が、一方的に人付き合いを遮断していたためだった。しかし私と出逢って変わった彼は、今まで逃げていたもの一つ一つと向き合うようになった。

長いこと話もしていなかった親戚にも自分から連絡をして、私を連れて一度帰ると伝えて私たちはタンちゃんに乗って尾道へ向かった。車を買ってから初めての長旅だった。

途中途中でサービスエリアに寄ってはご当地グルメを食べるなど、道中もすっごく楽しかった。そして次第に目的地に近づくにつれ彼の顔が曇り始めた。長いこと連絡を絶って心配かけていたためか、緊張している様子だった。

祖母の家へ着くと、親戚一同みんな集まっていて私たちを温かく出迎えてくれた。私もいたからか音信不通になった経緯までは聞いてこなかったが、今後またこういうことがあったら心配だからと私の連絡先をみんなに聞かれた。

正直こんなに彼を想う親戚がいたことに驚いた。そこにはまさに家族の優しさや温かさがあったからだ。彼が関係を切っていたことがもったいなく感じるくらいだったが、これからまた私も一緒に関係を築けることが嬉しくも感じた。

おばあちゃんは呆けているとみんなから聞いていたけれど、それでも彼のことはしっかりわかっていて嬉しそうにしていた。そして私のことを聞かれた時に、彼が私の母や兄たちみんなによくしてもらっていると答えたら、おばあちゃんは「あんたじゃないんよ。笑美ちゃんが家族に大切にされているから、あんたのこともよくしてくれるんよ。だから笑美ちゃんのこと、大切にしなきゃいかんよ」と言った。彼は「わかってるよ」と優しくうなずいていた。

私もおばあちゃんの言葉に涙が出そうになった。こんな素敵な家族が彼にいたなんて、すごく嬉しくなったが私以上に嬉しそうにしている彼の姿があって、それを見てまた幸せな気持ちになった。

106 東京へ

付き合って三年が過ぎ、少しずつではあるものの確実に成長していった私たち。そろそろ次のステップへ進もうと話し合って東京へ行くことを決めた。

私からしたら、生まれ育った場所、愛する家族がいる所へ帰れることは本当に嬉しかった。三年前、家を飛び出した時の私はもういない。今なら自信を持って帰れると思った。

それに彼も、東京でまた人生を一からスタートすることに対して前向きだった。すべてに向き合うことができた今だからこそ、新天地で再出発するには丁度良いタイミングだったのだ。

そして実家の近くで家を借りた。三年間遠くに離れていた分、近くに戻って来たかった。心の距離も縮めたい、そんな思いがあったのだ。それに地元に帰って来れば多くの友人や仲間がいる。ずっと帰って来たかった場所だった。

だけど私よりも一番喜んでいたのは母さんだった。笑美子が帰って来る、それだけでテンションが高く、すごく嬉しそうにしてくれていた。

東京で部屋を借りて引っ越す。それだけでも大金が必要だったので、とにかく働いて、とにかく節約した。彼が仕事終わりにタンちゃんで荷物を運べるだけ運んだ。東京と静岡の往復を何度も何度も。だけど大変だとは一言も言わなかった。むしろ夢や希望も一緒に運んでいて楽しそうだった。

それだけ新しいスタートを切る時はワクワクするものだということがわかった。

私たちの人生はこれからだ!!　そう思えた。

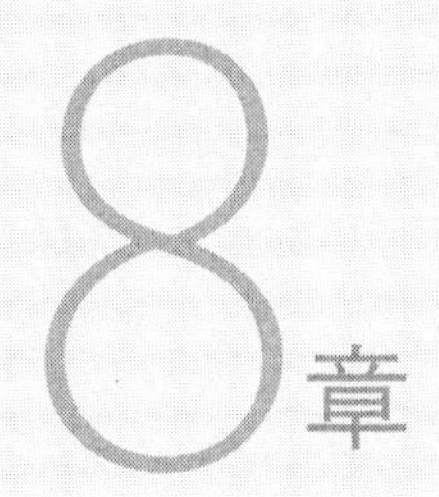

8章 結婚します

107 東京

久しぶりに東京へ帰って来ると、そこら中に配達パートナーがいて驚いた。しばらく地方に住んでいた私たちは、配達パートナーという存在を知らなかったのだ。よくよく聞くと誰でも手軽に始められる仕事だったので、私たちもすぐに登録した。東京へ出て来ることで仕事も辞めていたので、まずは二人で配達パートナーの仕事を始めた。

私は自分の貯金から電動式自転車を買って、彼はお兄ちゃんのお下がりのマウンテンバイクで始めた。東京の街を颯爽（さっそう）と走り抜けるのは気持ちがいいし、途中途中で彼と待ち合わせして休憩したり、今どこ?とやり取りしたり、初めて同じ仕事をして楽しかった。それに彼は配達の仕事のおかげで一気に東京の道や住所に詳しくなった。

そしてこのサービスを使う人たちはお金に余裕がある人たちが多いので、配達先は高級住宅街が多かった。彼と帰宅後に今日はどんな所へ行った?と話しながら、いつかあんな家に住みたいね、こんな車に乗ってみたいねと夢を膨らませていた。

毎日が希望に溢れていて、すっごく楽しかった。だからこそ彼にもう一度建設業の仕事をするように勧めた。それは彼が一度、会社をやっていたことがあったけれど多くの不幸が重なって解散したまま遠のいていたものだった。今の彼なら大丈夫。せっかく知識や資格もあるんだから、もったいない、一緒にやろう!!　と声をかけたのが始まりだった。

108 成長期

まずは昔の知り合いに聞いて回って東京が現場の建設会社に入った。久しぶりの本業、ブランクなんて感じさせないほどに腕が覚えていたと嬉しそうにしていた。

知らない土地に来て、慣れない電車通勤で初めての職場と大変なこともあると思うけれど、一切愚痴らず懸命に働く彼の姿を見て、私もお弁当作りを再開した。私にできる精一杯の応援はいつもお弁当作りだった。

もう四年近く作っていたからお弁当も上手に作れるようになっていた。夏は炎天下で仕事をする彼のために、冷やしそばやそうめんとおにぎりを、冬は冷えた身体を温めるために、保温の弁当箱でほかほかのご飯とスープをと、彼を想いながら毎日お弁当を作った。

それが通じていたのか、彼はどんな時でも一生懸命働き、次第に現場を任されるようになっていった。彼の努力と根性が認められていったのだ。

仕事が順調なように私たちの関係もすごく穏やかで良くなっていった。付き合った当初はお互い酷い精神状態だったこともあり、すごく気が合うことは多かったものの、ぶつかり合い頻繁に喧嘩もしていたのだが、それが嘘のようにまったくと言っていいほど、喧嘩もしなくなっていた。

それはお互いが理想の人間へと近づく努力をしたからかもしれない。どんな時でも一緒に努力をして来た私たちは、お互いの性格に対して我慢をするなんてことは一切なかった。

同じ方向を見て頑張り合う、支え合う、労り合うことができるようになっていき、人としても成長するようになっていったのだ。

109 まさかの

東京に来て間もなく、私がインターネットの広告で結婚式無料キャンペーンというものを見つけた。「どうせ当たるわけないし」と軽い気持ちで申し込んだら、後日「当たりました」と連絡が来たのだ。

私たちは半信半疑で詳細を聞きにいった。そしたら本当に式は無料になるものの、披露宴で多額のお金がかかることを知って、無知な私たちはやっぱり結婚式なんて無理よねと諦めようとした。だけどせっかくだから式場は見てから帰ろうと、チャペルを見学したらあまりにも美しくて心奪われた。

そこはお台場だったので大好きな海がバックにある最高のロケーションだったのだ。それにスタッフさんが雰囲気を出すために讃美歌を流したら、それが「いつくしみ深き」だった。昔、母さんとクリスマスに教会へ行くと必ず流れるので、よく一緒に歌っていたし、そのオルゴールも持っていたから幼い頃からずっと聴きながら育った曲だった。

私は何とも言えない気分になって涙が出そうだった。私が式を挙げて、立派になった姿を見せることができたら、母さん喜ぶだろうなと思った。見学を終えた後に彼に「結婚式したい」と言うと、彼は一切の迷いなしに「俺も頑張るからしよう!!」と言ってくれた。

まったく結婚式をする気のなかった私たち、軽い気持ちで、しかもまんまと無料キャンペーンに引っかかってここまで来たけれど、そのおかげで大きな決断ができた。私たちはすぐにサインをして、あれよあれよと言う間に話が進み、半年後に式を挙げることにした。

110 サプライズ

後日、仕事が終わるなり実家で待ち合わせをしようと言われ、突然その日はやって来た。

私が実家のリビングにいると、急にみんながソワソワしだして扉が開いた瞬間に、大きな薔薇の花束を持ってスーツを着た彼が現れた。

そして家族の前で日頃の感謝と愛を伝えられ「これからも一生一緒にいてもらいたいんで、結婚してください」と言われた。照れながら「お願いします」と伝えると、花束の中を見るように言われた。そこには婚姻届けが入っていた。

しかも書き終わっていて、証人のところには母さんたちの署名も入っていた。

私が驚いていると、今度はお兄ちゃんが「おめでとう!!」とシャンパンを開けてくれてみんなでお祝いしようと、さらに場を盛り上げてくれた。私が泣く前に母さんが泣いて、私たちは抱き合いながら喜んだ。

私以上に嬉しそうにしてくれている母さんの姿に、また感動した。私の愛する実家で愛する家族の前で、堂々とキメてくれた彼にも感謝が止まらなかった。これは私が一番理想とする形だった。

だけど流されるまま結婚式も決まっていたので、プロポーズはないものだと思っていたから、この素敵なサプライズには本当にビックリした。後から彼に聞いたら、式は勢いで決めちゃったけれどプロポーズはちゃんとしたい、と前々から思っていたらしい。これは彼なりのけじめだったのかもしれない。

私には一生忘れることのない最高のサプライズプロポーズとなった。

111 入籍

プロポーズから間もない四月一八日（しあわせいっぱいの日）。なんとも私たちらしい語呂の日を選んで入籍することにした。

彼には入籍する前に一つだけ結婚の条件を出していた。それは彼が私の姓を名乗ることだった。私は何が何でも苗字を変えたくなかった。愛する家族から抜けたくないというスーパー我儘な気持ちと、もしも私の苗字が変わったらすべてが一気に音を立てて崩れていく、そんな気がして仕方なかった。

私の性格上、今まで幾度となく危ない場面がたくさんあった。けれど生きている。すごくご先祖様に守られていると思うようなことが多々あるので、日頃から神棚に手を合わせ、感謝を伝えていた。そんな私は姓を変えるくらいならば結婚はしたくないとまで言った。

結局、一度こうだと言うと聞かない頑固な性格の私に彼が折れて、彼が苗字を変えてくれることになり、無事に入籍を済ますことができた。

その日は、区役所に届けを出しに行った後、実家でみんな集まってパーティーをした。普段買えないような高級なお店のケーキを一番大きなサイズで買って来たり、ピザをデリバリーしてもらったりとご馳走を自分たちですべて用意した。

良いお店へ行き二人でお祝いをするという選択肢もあったけれど、そうじゃないと思った。結婚は始まりだから。この先は家族みんなに頼るばかりではなく感謝を返していく、そんな結婚生活を送りたいという意味も込めて、みんなと食事をしたかったのだ。

こうして、家族の優しさと笑顔に包まれながらとても素敵な入籍日を過ごすことができた。

112 結婚準備

今まで結婚すら意識していなかった私たちだけれど、結婚式無料キャンペーンのおかげで急展開を迎えることになり、結局きっかけや勢いがすごく大事だと知った。そして式を挙げるからには一生の思い出に残るような、素晴らしい式にしたいと気合を入れていた。

短い時間で決めることがたくさんあるうえに、多額の費用もかかるので途中途中で喧嘩もしながら、お互いが折れたり譲れなかったり認めたりしながら、一つのものを創り上げていく、すべては二人の幸せのために。

まさに、結婚準備はこれからの長い道のりをギュッと凝縮させたようなもので、大変だけど楽しかった。普通に生活している一般人が、自分の人生で何百万円のイベントを計画して成功に向けて進めていくなんて、結婚式でしかできないことだとも思った。

これをやり遂げた後にまた一つ成長していると思うとワクワクが止まらないし、色んな意味でも結婚式は必要だったんだと改めて感じた。そして毎回プランナーの方に「奥様」「旦那様」と呼ばれる度に結婚したんだと実感しながら照れながらも嬉しく、幸せを噛み締めた。

そして結婚式で着るドレスを決めに行って、いくつか写真を撮り母さんに送ると母さんはすべて携帯に保存して、嬉しそうにしていた。

結婚式は私たちだけのものじゃない。待ち望んでくれている人たちがいる。必ず良い式にしたいと思って、食事やお酒、引き出物等はなるべく良い物を選んだ。それだけ費用はかかったけれど、第一には「感謝をする」、それをモットーに私たちは式の準備を進めて行った。

113
結婚指輪

結婚式には思っていたよりも遥かにお金がかかることがわかり、指輪はもう質素なものでよいと思っていた。私自身、物欲が皆無と言ってよいほどの人間になっていたので、婚約指輪どころか結婚指輪もまったく興味が湧かないでいた。

なくてもいいくらいだったが、結婚式で指輪の交換があるので、それまでに形だけでも何か考えなくちゃ、と思い二人で百貨店へ行った。

色々見て回ったがまったくわからない。昔ブランド物を身に纏っていた時代があるのが嘘のようにブランドへの関心が無くなっていたので、「何でもいいよ、任せる」と彼に言った。そうしたら「一回、百貨店じゃなくて隣、見に行ってみよう」と彼に言われ、連れられて隣にあった大きなサロンへ入った。

私はそのブランドの名前すら知らなかったが彼は、

「どうせ買うならここで買おうよ‼ だって結婚指輪だよ？ せっかくだから。俺がこの先、頑張って返していくから」

と、普段は私に決定権を委ねる人が、珍しく意見を通したので私もうなずいた。

とはいえ、すごい額に驚いた。何このブランド……。よくわからないけど、めっちゃ高いじゃん。でも彼は嬉しそうだし、またこれでますますやる気スイッチが入るならいいかと思い、その場で購入を決意してローンを組んだ。

小さい頃からお金で苦労してきた私は現金主義だったので、初めてのローンに戸惑いはあったが、それ以上にせっかくだからと言ってくれている彼の気持ちが嬉しかったし、これを糧にまた二人で頑張ろうと思えることの方が大事だと思った。

人生を二人で立て直そうと努力している彼だからこそ、二人でつける指輪は特別な物にしたかったのかもしれない。買った後に知ったその指輪のブランドは、ハリー・ウィンストン。私たちもこのダイヤのように輝ける人生を送りたい、と心から思える日となった。

114 結婚式前日

この半年間は目まぐるしかった。

引っ越しを終え、新しい仕事を始め、入籍して結婚式準備とバタバタしながらも結婚式を楽しみに一生懸命だった私たち。

なのに!!　なのに!!

ここに来て大問題が発生した。それは台風一九号だった。類のないほど巨大な台風が明日、上陸すると報じられた。あまりにも大きな台風が来るとのことで、インターネット上では色んな憶測が飛び交っていた。なかにはお台場沈没の可能性あり、というものもあった。

私たちは慌ててお台場にある結婚式場へ行き、プランナーと話し合った。震災での変更はきくが台風での変更はできないとのことで、一気に奈落の底へ落とされたような気持ちになった。

だけど午後に台風上陸で、その前に公共交通機関も全線ストップされると報道されていたため、せめて開始時間だけは交渉を続け、朝一に動かすことができた。と言っても前日の出来事。これから招待客全員に変更を伝えたところで、みんな来られるかわからない。それに招待客の安全が第一なのに、前代未聞の台風が上陸する所へ呼びつけるなんて……。

話し合いが終わってお台場からの帰宅途中、涙が溢れて来て途方にくれていた。次々と明日は行けない、という連絡が入った。それと同時に、変更を伝えても、必ず行くからという連絡も多かった。

親戚もみんな前乗りで広島や鹿児島から来てくれるし、私がしっかりしないとだめだ、落ち込んでいる場合じゃないと自分に喝を入れた。心配していても仕方がない。やると決まった以上は成功させなければいけない。そんな風に気合を入れ直した。

115 ケセラセラ

彼の親戚は広島から前もって来てくれていて、私の親戚も鹿児島から飛行機の便を早めたりしてくれながら、東京へ集まってくれていた。もちろん東京に着いてからはみんなテレビの情報に釘付けで、明日はどうなるのか、大丈夫なのかと心配の声を上げていた。

なかでも私と同じくらい、この結婚式を楽しみに待ち望んでいてくれた母さんが、私の心情を察して心を痛めていたら嫌だなと思って考えた。何か、この暗いニュースとみんなの心配を吹き飛ばす方法はないかと……。

そこで全身に白のカーテンを纏い、顔面を真っ白に、目の周りを黒くペイントして等身大てるてる坊主になった私は、実家へ行きみんなの前に現れた。みんなは驚きながらも大笑い。まさか花嫁がてるてる坊主に扮して登場するとは思ってもいないから、お腹を抱えて笑ってくれた。

そしたら場の空気を読んだ母さんが、すかさず「ケセラセラ」を歌いながら踊ってくれて、それに続くようにみんなが歌って踊ってくれた。ケセラセラ――物事は勝手にうまい具合に進むもの、だからあれこれと気を揉んでも仕方ない、成り行きに任せてしまうのがよい――。こういう意味合いの「ケセラセラ」を、このタイミングで歌ってくれた母さんに感謝で涙が出そうになった。

結婚式前日に、お肌にダメージを与えてまでしたかった、心配を紛らわすためのてるてる坊主の仮装。だけど実際は、私の方がみんなの笑顔と母さんの歌で心を救われることになった。不思議とこの出来事で、みんなの不安は一気に吹き飛ばされたようだった。

116 伝説の結婚式

当日、私たちは朝一で会場入りした。なんと会場でもある大型複合商業施設が、巨大台風により、その日だけ全館休業となったのだ！　それは開業以来初めてとのことで、入り口も封鎖されたため、裏口から結婚式場のスタッフ誘導のもと会場まで案内されるという、前代未聞の結婚式が始まろうとしていた。

嵐で公共交通機関もストップしているなか、果たして友人たちは来られるのかと不安な気持ちでいっぱいだった。しかしチャペルの扉が開いた瞬間、私は目を疑った。空席が無いほどにみんなが集まってくれていたのだ。もうその光景だけで涙が出そうになった。

そこには嵐を吹き飛ばすくらいのみんなの笑顔と祝福の声があった。そして安堵とみんなの優しさに包まれながら私たちは永遠の愛を誓い合い、念願だった讃美歌「いつくしみ深き」を母さんや愛する家族と歌うことができたのだ。本当に嬉しかった。

そして披露宴が始まると台風のことを忘れるくらいに大盛り上がりで、会場が笑いに満ちていた。波乱の結婚式はいつしか伝説の結婚式に変わっていた。それほどに最後まで何事もなく大成功を収めることになったのだ。

後から聞いた話だと、仲間内で連絡し前もってタクシーを予約して相乗りで来てくれたり、自分の車を出して結婚式なのに飲まずに出席してくれたり、沼津の友人は前日に車で来てそのままこの商業施設で一夜を過ごして待っていてくれたり、さらにはキャンセルも出ているだろうと、お母さんと彼氏を連れて逆に人数を増やしてくれた友人もいた。

本当、みんなの温かさに触れて感動が止まらなかった。破天荒な私たちに神様が与えた最初の試練だったのかもしれないけれど、それは家族や親戚、友人、仲間たちのおかげで乗り超えることができた。普通の結婚式では味わうことができなかったかもしれない、一生忘れることのできない感謝の結婚式となった。

117 請負

東京に来て建設業の仕事に戻り一年が過ぎた頃には、技能もすべて取り戻して腕が良いと評価もされていたので、請負ができる会社に転職した。そして請負で仕事をするにはすべての道具を買い揃える必要があった。彼は建設業の中でも一番道具を必要とする大工の仕事だったので、一からすべて揃えるとなると百万円くらいかかると言われた。

東京への引っ越しや結婚式の頭金等で貯金も底をついていたので、また大きなローンを組むことになる。不安が無いと言ったら嘘になる。だけど、ここまで来たチャンスを逃す訳にはいかないと思い、彼と話し合って道具をすべて買い揃えることにした。

これは間違いなく未来への投資だ!!　私たちなら大丈夫。ここからまた頑張ってローンも少しずつ返していこう、そう思うことにした。結婚指輪に、結婚式の費用に、大工道具とすべてで四〇〇万円近くのローンとなった。結婚して初めてローンを組んだと思ったら、もうそんな額になっていると考えるだけでクラクラした。

そんな私を見ていて母さんは結婚もしたし、もう仕送りは大丈夫だよと言ってくれた。今まで意地でも母さんには楽をさせたいと毎月二万円だけ渡していた。少し申し訳なさもあったけど、十年以上渡し続けて来て私もどこかでやりきった感はあった。今は大変だけど、これを乗り越えてまた母さんに恩返しできるようにしよう!!

そうやって自分に喝を入れて彼との請負を一緒に始めた。

118 現場の仕事

一人親方として上会社から仕事を請け負うことになったので、私も一緒に手伝うことにした。とは言え、建設業は右も左もわからないので、とりあえず足手まといにはならないようにだけ気をつけて現場へ行った。

彼は、協力すると言った私の気持ちだけでも嬉しかったみたいで、不慣れな私を気遣ってなるべく簡単な、座ってできるような仕事を与えてくれてその分、彼が走って仕事をしていた。座りながらネジ回しのような仕事をしつつ現場の様子を見ていると、かなり過酷な状況を知って驚いた。一人親方の彼は一日中ずっと立ち止まることなく動いていた。体を動かす仕事がこんなにもハードだと思わなくて、一気に申し訳ない気持ちになった。

なぜならいつも汚れて帰って来る彼に「部屋に持ち込まないで欲しいから、玄関で埃をはたいてから上がってね」とか「仕事着は分けて洗うから必ず別にしといてね」などとよく言っていた。言い方も優しくなく、洗う方も大変なのよ、というようなニュアンスだったと思う。

だけど実際に彼と一緒に働きに出ると身体中埃っぽくなるし、夏は炎天下のなか、汗だくで、冬は震えるような寒さのなか、かじかむ手を上手に動かして朝から晩まで肉体労働をする。その大変さを身を持って知ることができ、彼への見方や態度も徐々に変わっていった。次第にすごいなって思うようになりますます尊敬するようになっていったので、心から労わるようになった。こうしてお互いを気遣える理想の夫婦関係へと成長していったのだ。

119 お揃いのお弁当

私も一緒に働くようになって、持って行くお弁当は二つになった。一つはずっと作っていたし二つになってもやることは変わらないので楽だった。ただ、今まではお弁当だけ作って渡したら彼を見送った後に二度寝していたが、今度はそのまま一緒に働きに出るので、最初のうちは慣れない早起きと現場の仕事でしんどかった。

現場での仕事は優しい作業にしてくれているとはいっても、マンションの下から上まで何往復もしたりと全身筋肉痛になることが多く、女子にはなかなか厳しいものだった。

だけど毎日お揃いのお弁当を持って現場へ行くのは嬉しかった。昼休みになると休憩室で二人一緒にお弁当を食べる、少しの時間だけどそれが幸せに思えた。お弁当は食べる時には冷めているけど思った以上に美味しかった。

私がよく午後の活力になりますようにと作って彼に渡していたけど、それが本当に活力になることを知った。疲れ果てて作れなかった時はたまにコンビニで買ったりもしたけど、そういうお弁当では力にならなかった。

自分で作ったお弁当だとなぜか心が温まって力がみなぎるような気がした。手作りの弁当には不思議なパワーがあることを知った。そしてこのお揃い弁当のおかげで辛い仕事も乗り越えることができた。

すべてがスムーズに行く訳もなく大変なこともたくさんあったけれど、二人とも絶対に弱音を吐かなかった。どんな時でも前を見て協力し合いながら、次々と仕事を請け負っていった。

120 独立

私たちは個人事業の開業届けを一緒に出しに行った。少しずつではあったが、確実に一歩一歩前へ進んでいることが嬉しかった。

その晩、普段は行けないような高級なお店を予約し、私たちの今までの努力と成長と、これから歩む最高な人生を祝って乾杯した。起業はこれからが勝負とはいえマイナスから始まった二人には大きな意味のあるものだった。これからの人生、良くするも悪くするも私たち次第、そしてやり方次第で豊かになるのだからやるしかないと思った。

一度どん底でもがいたことのある二人だから怖いものはもう無かったし、人生はいつだって自分次第だということを痛いくらいわかっているので、前を向いて行動している、ただそれだけでも幸せなことだと思えるようになった。

不安からは何も生まれない。この先起こりうるかわからない不安を感じながら生きるより、明るい未来に向かってがむしゃらに突き進んでいる方が面白いと思った。

面白いことを考えながら生きていくと面白い人生になっていく、不安なことばかり考えながら生きていくと不安から抜け出せなくなってしまう。なので私たちはとにかく前を向いて、自分たちの選ぶ道に自信を持ちながら胸を張って歩くと決めた。

これからの事業の発展とともに私たちがどれだけ成長していけるのかを考えただけで、胸が高鳴った。そうやって人生を楽しみながら次に進むことにした。

121 前向き

彼のやり方も上手かったうえに、立ち止まることを知らない私たちはどんどん成長していった。いつだってトラブルや壁にぶつかることはあるが「どうしよう、どうしよう」とは絶対にならない私たち。「どうする」とすぐに解決策を見出そうとするので、問題が起きる度に自分たちの能力を上げることができるようになった。

すべては考え方次第で、何事も上手くいくようになる。物事を前向きに捉える、ただそれだけで仕事は上手くいくし生活も豊かになっていった。

そんな私たちは大好きな外食や旅行にも頻繁に行けるようになった。北海道や鹿児島、海外まで、旅行は頑張っている自分たちへのご褒美となった。行く度に、次はどこどこへ行こうとワクワクしてまたそのために仕事も頑張れる、メリハリができるしプライベートも充実した。

そして母の日には母さんを連れて憧れの高級旅館へ。初めての三人旅行だった。一緒に食事を楽しんで部屋でゲームをし、最高のひと時を過ごして母さんも嬉しそうだった。

私たちがこんなふうに親孝行できるようになったことが嬉しくて、これを機にもっともっと頑張ろうという気持ちになった。そしてこの旅行だけでなく、色んな所へと母さんを連れて食事に行くようになった。

彼は自分の親に何もしてあげられなかったからと、その分も一緒に親孝行してくれた。きっと、亡くなった御両親も彼の成長した姿を空から見ていて喜んでくれていると思う。そして私と同じように母さんのことまで大切にしてくれる彼に心から結婚して良かったと思った。

家族を大事にしてくれるのが一番嬉しかった。

122 愛車たち

私たちは成長に合わせて車も乗り替えることにした。

私が三万円で購入してきたタンちゃんには本当にお世話になった。連絡が途切れていた広島の親戚を訪ねた時や、東京への引っ越しもすべてタンちゃんが運んでくれた。こっちで新しい仕事を始めた時も独立した時も、常にタンちゃんが私たちや私たちの夢と希望を乗せて一緒に走ってくれた。

そんな思い入れがたくさんあるタンちゃんを手放すのは辛かったけど……。もともと三万円で手に入れた古い車だったので、今後の安全のためにもお別れをすることにした。タンちゃんに「ありがとう」を伝えてサヨナラをした後、私たちは、タンちゃんはきっと外国へ行ったんだよ、どこかでまた誰かと誰かの夢や希望を乗せて同じ様に走っているかもしれない!!と話した。そう思うと自然と気持ちが軽くなった。

私たちは新しくトヨタのヴォクシーを購入した。七人乗りで広々としていてハイブリッドなのも良かった。私たちはヴォッ君と名付けて「こんにちは、よろしくね」と言った。またここからヴォッ君との旅が始まる。

いつだって前向きに歩んでいる私たちを乗せて走るのは楽しいと思う。というかそうでありたい。私たちが主人で良かったと思われるような人間にならないと。物や機械にも心があるように大切に扱うことができるようになったのも、私たちの成長だった。関わるもの、すべてに感謝をするようになっていった。

123 飲酒

すべては良い方向に流れていたのだが、一つだけ解決されなかったことがある。

それは私のお酒問題だった。

前のように浴びるほどに飲む訳でもないし飲まない日もたくさんあった。だけど一度スイッチが入ると止まらなくなり三日間飲み続ける日もあった。その時は私の様子を見て彼が一人で仕事へ行った。私が酔っ払っている時は、何を言ってもダメなことを知っているので何も言わないでくれていた。

そして体調が悪くなり飲めなくなり三日目に意識がしっかりして来ると、必ず彼に「ごめんなさい」と謝った。彼はいつも「気をつけようね」と言うだけだった。私が彼を支えたことがあるからか彼も私を見放すことはなかった。

本人では制御が効かない病気だと理解してくれているのが有難かった。私も治したい気持ちはずっとあるのに、それでもまったく良くならない。一度飲み出すと止まらなくなる。胃がキリキリしだして体調が悪くなると痛み止めを飲んだ。それでもなお、お酒が欲しくなるほどに病気は進んでいた。

アルコール依存症は簡単には治せるものではなかった。だけど周囲にはなかなか理解もされがたい。お酒に飲まれるのはだらしがないから、意志が弱いからと思われることが多く、そういった周りの冷たい目線がまた辛かった。

何でいつも途中で止める、たったそれだけのことができないんだろうと考えていた。だけどお酒は止められなかった。飲みの場も好きだし仲間とワイワイするのも楽しいし、お酒は止めたくない。だからこそ上手に付き合いたい、それればかり思っていた。

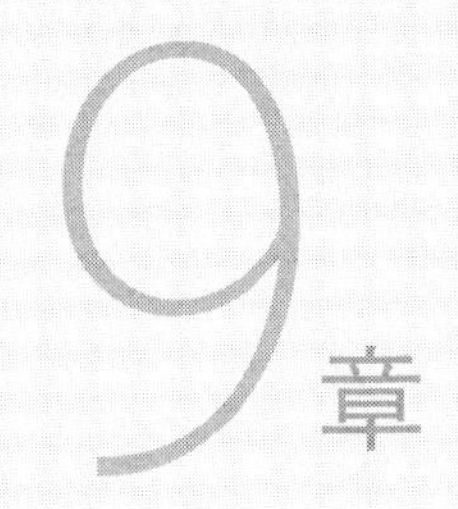

贈りもの

124 授かった命

結婚式をしたちょうど一年後に妊娠がわかった。彼はすごく嬉しそうにしていたが、私は嬉しさよりも不安の方が大きかった。

それは、つい最近も三日間にわたる深酒をしていたから。しかも痛み止めを飲みながらの大量飲酒だった。

私はすぐにインターネットで調べた。調べたら調べるだけ、不安になった。だけどマイナスなことを考えていても良くないと思って、気持ちを入れ替えることにした。そしてわかった日にお酒を止めて、私たちの元に来てくれたお腹の赤ちゃんを大切にすると誓った。

母さんにも報告したら涙を流して喜んでくれた。それがまた嬉しかった。

これからは赤ちゃんのいる体、と考えを改めて今までよりも食べ物に気を遣い、また心も穏やかでいようと努めた。赤ちゃんをお腹で育てていると思うと不思議と優しい気持ちになった。そして赤ちゃんが聞いていると思うと言葉遣いも直した。

赤ちゃんのおかげで日に日に良くなっていく自分がいた。元気に生まれて来てくれるかまだ少し不安はあったものの、こんな私の元に来てくれたと思うと嬉しくて涙が出そうになった。

私を選んで来てくれたのであれば後悔させないように、最高のママになるからね、とお腹の赤ちゃんに伝えて妊娠生活を楽しむことにした。

125 自覚

彼は若い時からずっと煙草を吸っていて、喫煙歴二十年のかなりの愛煙家だった。そんな彼が私の妊娠がわかり、ピタリと煙草を止めたのだ。

それだけでなく益々仕事に打ち込んだ。生まれて来る子を幸せにしたいと勉強も始めて、今後の役に立ちそうないろいろな資格や免許まで取った。昼間働いて夜は勉強して、と寝る時間を惜しんで努力して合宿まで行ったのだ。

私も妊娠中期までは現場に行って一緒に頑張っていた。マンションの建設では一〇階までを上り下りするだけでも息が上がり大変だったが、良い運動にはなったし、何より私たちにはもっともっと豊かな生活をするという目標があったので、一緒に同じ方向を見て頑張っていることが嬉しかった。

その甲斐あって、二人の努力とともに経済的にもどんどん豊かになっていった。私たちの努力の結果がそのまま数字にも出ているようで嬉しかったし、何より自信に繋がった。

それから私は体調を第一にと仕事から外れて、後は彼一人に任せることにした。また毎日一人分のお弁当を作り彼を見送った。大変な仕事だとわかるからこそ、労り感謝をしながら生活することができてとても幸せな気持ちだった。

そして彼も次第に大きくなるお腹を毎日撫でながら私を労って気遣ってくれた。あんなにも自分勝手だった私たちが、いつの間にか親としての自覚を持って日々を大切に優しく過ごすようになっていた。

126 出産

予定日から一週間が過ぎ、陣痛がやってきた。いよいよか!!と私は嬉しくなり、荷物をまとめて彼に病院まで送ってもらった。

その晩に生まれるものだと思ったがなかなか子宮口が開かない。結局翌朝に促進剤を打って激痛に耐えていたが、一向に出てくる気配がない。痛みのあまり食事はおろか飲み物さえも飲むことができないまま、もう一晩待つこととなった。

陣痛のあまりの痛さと、二日間という長い時間に何度くじけそうになったことか……。先生に切って欲しいとお願いしても無駄で、ただただ痛みに堪えなければならなかった。

そして最初の陣痛から二日後の昼過ぎに、とうとうその時は来たのだ。急に子宮口が開き頭を覗かせた赤ちゃん。すぐに分娩室へ行き、わずか三回のいきみでスポンと生まれてきたのだ!!

すぐに産声を上げた赤ちゃんに安堵して、涙が止まらなくなった。そして抱かせてもらった時、その小さくて可愛い姿を見て「ありがとう、ありがとう」と何度も言った。「私がママよ、よろしくね」と溢れる涙を拭いながら、親になったという実感に浸っていた。間違いなく今までで一番幸せな瞬間だった。

赤ちゃんは可愛い可愛い女の子だった。

元気に生まれて来てくれたことを神様に感謝した。

127 子ども

私が「笑美子」という最高の名前をもらったように、子どもにも素敵な名前をプレゼントした。そして、この子と一緒に私も成長していこうと心に誓った。

子育ては大変なこともあると思っていたけれど、実際は喜びと感動と感謝とワクワクに溢れていてこんなに楽しいものなのかと驚いた。不安は付きものだけれどそれは考えていても仕方がないし、とにかく今を大切に向き合って愛情を注ぐのが一番だと思った。

そしてわかったのは、子どもも事業も同じだということ。見えない不安を感じているより今できることを精一杯やること、常に前向きに物事を捉えて改善しながら取り組むことだった。そんな考えでいるからか、子どもは一日中ご機嫌でずっとニコニコ笑顔。まったくと言っていいほど手がかからない。私が一切慌てることなく心穏やかに育てているからかもしれない。私を見ながら育っていくからこそ、こういうふうに育って欲しいと願う姿をまずは自分がしようと思った。自分が理想とする人間になれば必ず子どももそうなると信じて。

毎日スクスクと成長していく姿は幸せそのものだ。そして子どもは自分だけでなく親まで成長させてくれる生き物だということ。子どもに感謝した。

128 最悪な日

まもなく出産から一年を迎えるという頃に私も気が緩み始め、少量のお酒を飲むようになっていた。インターネットで調べ母乳に影響が出ないという、おちょこ一杯を限度に時々、食事と一緒に口にしていた。妊娠がわかってからこの一年半お酒は絶っていたので、すごく特別なもののように感じた。

ほんの少しを大事に飲んで満足できる自分が嬉しかった。もしかしたらこの期間に治ったのかもしれない、親になったことでセーブできるようになったのかもしれない、そんな風にも思っていたある日、彼の仕事の関係で沼津へ行くことになった。

　彼の仕事が終わるのを待っている間に、私は沼津にいた時一緒によく飲んで遊んでいた仲間たちと会うことにした。そして再会を祝してみんなで乾杯した。

　初めはビール一杯で止めるはずだったのに、そのたったグラス一杯で例のスイッチが入ってしまったのだ。後はどれだけ飲んだのか覚えていない。朝まで飲み続けて気づいたら取ってあったホテルで眠っていた。子どもはベビーカーの上で眠っていた。

　今まで記憶をなくして落ち込むことはあっても恐怖を感じたことはなかった。ところが、子どもがしっかり息をしていて見た目に何もなかったことに安心したと同時に、自分が恐ろしくなった。

　一歩間違えたら取り返しのつかないことになっていたかもしれない、そう思うと震えが止まらなくなった。私は眠っていた子どもを抱き寄せて「ごめんね、ごめんね」と謝りながら「もうお酒は止めるからね」と子どもに誓った。

129 tatoo

それまでも禁酒をしたことは幾度となくある。だけど一時的なもので、少しするとまた元のように飲み始めることが多かった。だが今回は一生飲まない。

お酒は止めると子どもに誓ったので、この固い決意を守り抜くためにタトゥーを入れることにした。数日後が子どもの誕生日だったので、その数字を入れることにした。これは子どもに誓うという意味合いだった。

そして誕生日の前には、今年の西暦を入れることにした。ここもすべて生まれた子どもの西暦にしたら、単に子どもの誕生日タトゥーになってしまうからだ。そしたらいくらでも言い訳ができてしまう。そんなものではなく、しっかりとお酒を止めた日、運命を変えた日を刻んでおきたいと思った。

そして子どもの誕生日前日にタトゥーを入れてもらった。彫ってもらっている間に色んなことを考えていた。

昔、ヘビースモーカーだったおじいちゃんが可愛い孫たちのためにと禁煙を誓った。おじいちゃんは手の甲の、一番目に入る所に油性ペンで大きく「禁煙」と書いていた。毎日毎日繰り返しそれを書く。時は過ぎ、書かなくなった時は禁煙に成功した時だった。

私はおじいちゃんみたいに強い心を持っていないから、いつでも見える所に一生残るものを入れた。今後多くの誘惑に負けないために、この誓いを守り抜くために。けじめでもあったけれどずっと悩み続けてきた「お酒」からの解放でもあるように感じた。私にとって、このタトゥーはこれからの人生を素晴らしいものにするために必要だったのだ。

130 卒酒

お酒を止めたら楽しみがなくなると思っていた。友達との付き合いも、仲間うちで騒ぐことも、美味しい料理を引き立たせることもすべてがなくなると思っていたから、お酒を止めることができなかった。

だけど実際は違った。友達はずっと友達だし、「笑美子が飲まなくなったからつまらない」と言うような友達はそもそも縁を切った方がいいし、仲間うちで集まっても一人お酒を飲まなくなったからと言って誰も気にしない。むしろシラフでいる分、気配りができるから助かるといった感じだった。

料理もノンアルコールビールやノンアルコールカクテルで充分、楽しめる。何より記憶をなくすことがない。人や物や信用もなくならない、やらかすことがない。そのうえ、お金もかからない、太らない、肌が荒れない、早寝早起きができるといったように良いことがたくさんあったのだ。

だから私は、マイナスイメージを持つ禁酒や断酒という言葉ではなく「卒酒」という言葉を使うことにした。お酒を自らの意志で卒業すること、そして卒業の次には必ず始まりがあるように、お酒を止めることをプラスに捉えて、これからの人生をより良くし新たなスタートを切ることにしたのだ。

お酒を止めたら良いこともたくさんあった。人は面白いもので手離すと入って来るものがある。一つ楽しみがなくなったとしても、また一つ楽しみが増えるものなのだ。そうやって卒酒を思いっきり楽しんでいくことにした。

131 ワクワク

私が前向きに卒酒をしたことに彼も喜んでいた。今の私の考え方ならば大丈夫だろうと安心した様子だった。彼も暗い過去を断ち切り見事に復活したし、私も依存症を克服することができた。お互いにやっと理想とする自分になれて来たのだ。

いや、それ以上かもしれない。昔と違って考え方も大きく変わったし、おおらかになっていった気がする。親になったからかもしれないけど苦しいことや辛いことも、たくさん経験したからだと思う。

そして一つずつダメな自分としっかり向き合ってきたから、直す努力をしてきたから今の私たちは自信を手に入れることができたのだ。

それに加えて四〇〇万円近くあったカードローンは、三年ですべて返し終えることができた。あの時は不安にもなったけど、彼が、頑張るからと言った言葉を私も信じた。でもまさか三年ですべて返し終わるなんて、有言実行してくれた彼にはもう昔の廃人と言っていた頃の姿はまったくなかった。

そしてさらに、二台目の車にポルシェのカイエンまで買うことになった。あの私たちが車を二台も所持するなんて……。しかも外車を持つなんて夢にも思っていなかった。

すべて頑張ってきた結果だった。お互いが協力し合い弱音を吐かずに前を向いて歩き続けた結果が、そのまま形となって現れたのだ。経済的には豊かになっていき、欲しい物が手に入るようになってますます楽しくなった。

だけど余裕が出たから人生が楽しくなった訳ではなく、貧しい時でも苦しい時でも目標ができた時はいつだって楽しい。

前を向く、これからの人生にワクワクする、そういった気持ちが何より楽しいのだと。

132 感謝

子どもが生まれてからは、七年間続いたお弁当作りもひとまず休憩となった。そして育児に専念できるようにと専業主婦になった。中学を卒業してからずっと働き続けてきた私にはご褒美のような時間だった。可愛い我が子と一日中、一緒にいられる。ゆっくりと私のペースで子育てを楽しめるのは何よりも幸せを感じた。

この状況を作ってくれている彼には感謝が止まらなかったし、彼もまた仕事が忙しく、なかなか帰って来られずに子育てをすべて任してしまって申し訳ない、感謝していると言ってくれていた。どんな時でも労り合い感謝し合ってきた私たちだからこそ、何事も上手くやってこられたのかもしれない。

そして子どもが一歳になり私もそろそろもう一度働き始めたいと思った。「人」(のため)に「動」くと書いて「働」く。私がここまで来られたのも支えてくれた家族や友人がいたから。この感謝の気持ちをどういう形で返していけるだろうか、と考えた時に心に浮かんだのは、やっぱり人のために働くことだった。

それで私はまずこの本を書くことにしたのだ。子育てをしながら書き進めるのはなかなか大変だが、主婦だからできることでもあった。専業主婦とは一番に時間をもらえるものだということがわかった。この有難い時間を大切に使わせてもらい、この本を完成させよう。

133 GIVER

私は数年前からホームパーティーをよく開くようにしている。それは私にとっては恩返しの気持ちで始めたことだった。たくさん料理を作って友人や仲間に振る舞う。楽しい空間を作り上げて幸せを感じてもらう。それが私なりの感謝を形にしていることだ。

私は今、充分に幸せだ。そしてこの幸せの輪が広がることを願っている。こういう想いになったのも、私がみんなから見守ってもらったり支えてもらったり、優しさをもらったりして来たから。多くのものをもらって来たから今の私があるので、これからは私も与える側の人間になれるように努力したいと思った。

そしてギバー（Giver）の精神を掲げることにしたのだ。

私はこの想いを彼に伝えた。そしたら彼も賛成してくれて私たちは法人化することにした。会社名は「GIVER」だ!! これから人のためになるような事業をいくつかやっていきたい!!

今までは自分たちが成長していくことだけを考えてきたけれど、これからは人のために何ができるかを常に考えながら行動していくことに決めたのだ。

彼はちょうど今、上会社の番頭という立場で、会社のために何ができるかを常に考えながら仕事をしている。なので私の方で人の役に立つような、喜ばれる事業を始めることにした。

また私らしく前を向いて、ワクワク全開で次のステップへ駒を進めるのだ。

134 執筆

実は、いつか本を書きたいというのは二十五歳の時から思っていた。今より十三年も前のことだ。だけど強く思っていた訳ではなくて、いつも頭の片隅にいつか書きたいとだけ入っているような感じだった。三十歳になって彼と出会った時も「私、いつか本を書いて出すんだ」と言ったことがあった。

そして母さんにも本を書く話はしたことがある。母さんは昔から何をやっても応援してくれるので「あら、いいわね」とは言っていたけれどまさか本当に書くとは思っていなかっただろう。それは私のことをよく知っているから。大の勉強嫌いでペンを握った姿すら見たことがないんじゃないかと思う。

それにこれまでの人生で本は三冊くらいしか読んだこともない。そもそも活字が苦手で本を読む気になれないのだ。そんな私なのに、いつか本を書いて出すとずっと思っていた。

そして三十六歳になり、妊娠を機に仕事を辞め時間ができた所で初めてノートとペンを買って図書館へ行った。さっ、念願の執筆だぁ!!と意気込んだが、まったく出て来ない。結局何も書けずに、今じゃないんだと思って書くのをやめ、その日は家に帰った。

そして三十七歳。子どもの一歳の誕生日、例のタトゥーを入れてからだった。不思議と「今だ」という感覚になった。それから無性に書きたくなって六月に書き始めた。

今だと思ってからはどんどん書きたい言葉が降りて来て「私、誰かに書かされてる?」と思うほどだ。今までペンを握ったことすらないような人間が、取り憑かれたように文章を書き進めていった。なんとも言えない感覚だった。

子育てをしながらの執筆はなかなか大変なものだ。しかもまだ一歳児、目は離せないし、起きている時は気が散って書くどころではないし、寝ている間を狙って書いている。

うちの子は元気で昼寝はほとんどしないので、朝五時から子どもが起きるまでの二時間を執筆の時間とした。夜中に数回の夜間授乳もしながらだったので、寝不足になり疲労も溜まるが良いこともある。

執筆していると幼少期の辛かった過去や、私が依存症でもがき苦しんでいた時のことを思い出す。そうすると暗い気持ちになるのだが、そんな時にスヤスヤ眠る子どもの寝顔を見たり、起きて来て「ママー」と言われたらスッと心が明るくなって、また前向きに書き始めることができるのだ。

本当に今だから書けるのかもしれない。子どもの存在があったから、私は過去と向かい合うことができたのだろう。まさにベストタイミングだったんだと思う。

ちなみに書き始めて三ヵ月経った頃に、子どもと横浜のあるイベントへ行った。たまたま占いブースがある。普段は目にも留めない（興味がない）のに、何故かその時は気になって人生で初めて手相を見てもらった。そうしたら「ご先祖様に守られているわね。日頃から感謝を伝えているでしょ？　だから守られているのよ」と言われて驚いた。まさにそうだし、私自身守られていることがわかっていたから、結婚の際に苗字すら変えなかったほどだったので、それを手相一つで言い当てられたことにビックリした。

その後に「物書きしているでしょ？　時間を忘れるくらいに熱中しているわね。あなたは今後も死ぬまで書き続けるわよ、寂聴さんみたいに」と言われ終わった。本を書いていることまで言い当てられて、私はとても不思議な気持ちで横浜から帰って来たのだ。

だけどとりあえず本を書いていることは間違っていないのかも。このまま自信を持って書き進めよう、そう思える出来事だった。

終章

これから

135 父さん

私は「はじめに」で父さんのことを横暴な人と表現しているが、今の父さんはそんな人ではありません。昔は働かないし、毎日飲んでは暴れて身勝手なことばかりで嫌いだと思うこともあったけれど、今は哀れに思う方が強い。

父さんは人生を間違えたまま歩き続けてしまった。そして一番の不幸はその間違いに気づけなかったことだ。人生と向き合わずに、自分を変える努力をせずに月日を過ごしてしまったから結局、悶々としながら自分が一番苦しみながら生きることになってしまった。

父さんはお酒の飲み過ぎで老いも早かった。血圧が高いのもあって入退院の繰り返しで今はお酒を飲む元気もない。どんどんと弱っていく父さんを見て同情するほどだ。

うちの家族は誰一人父さんを嫌ってはいない。母さんもお兄ちゃんたちも、みんな父さんの体を心配し気遣っている。それどころか父さんに感謝していることもある。うちは父さんがあまりに酷かったおかげで、母さんと三人の子どもたちの絆が強まった。互いに思い遣り、助け合いながら生きてきたのだ。家族の仲が良いってよく驚かれることがあるがそれは父さんのおかげだ。

そして何より母さんが父さんを悪者にしなかったこと。どんなことがあっても父さんの尊厳を守ってきたからだった。人を憎むことを教えなかった母さんがいたから今、私たちは父さんのことも大切に思うことができるのだ。

　父さんは間違いだらけの人生を歩んでしまったと思うけれど、唯一母さんを選んだことだけは最高の選択だったと思う。母さんでなかったらもうとっくに見放されていると思うし、こんなに優しい子どもたちに囲まれることはなかっただろう。父さんは幸せだ。

136
母さん

「尊敬している人は誰ですか？」と質問されたら真っ先に私は「母さん」と答えるだろう。母さんほどに強くて優しい人間は出逢ったことがないからだ。

　母さんは日常に暴力があっても屈しなかった。いつも子どもたちを守って、最優先に考えてくれた。そして休み無く働き続けても一切、愚痴を言うことなく、いつも楽しそうに笑っていた。

　どんなに疲れていても感情的に怒ることはなく、愛情で叱ってくれる人。何をやっても応援して褒めてくれる。一緒になって喜んでくれる。どんなことにも感謝して喜んでいる人。本当に心の底から尊敬しているし母さんみたいな人間になりたいといつも思っている。

母さんは他人に流されることがなく、断固として人を悪く言わない。芯のぶれない、愛に溢れた人間。そんな母さんだから父さんとここまでやって来られたのだろう。今まで多くの我慢と数え切れないほどの苦労があったと思う。

だけどそれを見て来た私たち三きょうだいは、母さんを見る目が世界一優しくなった。母さんがふざけていると、とても愛おしく思うし、母さんに何かがあったらみんなで母さんを守るだろう。母さんの深い愛はしっかりと受け継がれている。そしてこの愛はそのまま母さんに返っていくのだ。

どんなに辛い人生も辛いとは言わず幸せを口にして来た、そんな母さんを私たちが世界一幸せな母さんにする!! 母さんが歩んで来た人生は間違っていなかったんだと。幸せな人生だと自信を持って言ってもらえるように私も親孝行していきたい。

137 Choice

人生は毎日の選択からできていく。目が覚めて歯磨きをする、仕事へ行く、ご飯を食べる、朝起きてから寝るまで常に、「する・しない」の二択から選びながら生きている。

私が摂食障害だったのも「食べない」を選択していたから。だけど治したくて「食べる」を思い切って選択したことでいとも簡単に治すことができた。そしてアルコール依存症も飲むことを選んできたから治らなかったけど、飲まない人生を選択しただけで悩んでいたことが嘘のように素晴らしい人生を手に入れることができた。

もしも私が自分の病や悪い所をすべて他人や過去、環境のせいにする選択をしていたらこの病気たちは一生治らなかっただろう。だけど自分と向き合い人生を変えたい、最高の人生を送りたいと思い、良き選択をしたから今こうしていられるのだ。

私たちは言葉遣いから習慣、性格、人生まですべて自分で選んで来た道を歩んでいる。小さな選択で少しずつ変えていくこともあれば、大きな選択で人生を大きく変えることもある。それがわかれば、今後私たちが何を選んで何を手に取るか（物や人、情報まで）よく考えるようになるだろう。

自分の人生は自分で変えられるのだ。より良い人生にしたければ、より良い選択を。小さな選択が輝かしい明日へと繋がっていくから。

人間は間違える生き物だ。生まれてから死ぬまでずっと正しく生きる人間なんていないだろう。だけど大きな間違いは取り返しのつかないことになる可能性もある。

そうならないように日頃から小さな間違いに気づき、修正していくことが大切なのだ。私は依存症で失ったものがたくさんあるけど、それらはすべて取り返すこともできた。

物は買うことができる。人は一度離れても、自分さえしっかりすれば必ずまた戻って来てくれる。それどころか自分を磨けば磨くほど、素敵な人と出逢えるようになるものだ。

現代は多くの依存症がある。アルコール、ニコチン、薬物、ＳＥＸ、恋愛、買い物、ギャンブル、ゲーム、インターネット、ＳＮＳ等、挙げればきりがない。自分も何かしらの依存があったり、依存している人がすぐ近くにいる世の中なのだ。

依存はすべてが悪い訳ではない。でももし自分が依存で悩んでいたり、自分を、または人生を変えたいと思っているなら、今一度しっかりと自分と向き合い良き選択をするようにしよう。

たった二択。その選ぶ二択で人生は変わっていく。間違いのない選択をした時に、必ず人生は正しい方向へ進んでいく。いつだって、誰だって人生は変えられるのだ。

138 あるものに感謝する

私たちはあって当たり前だと思うものに感謝をしない。

美しい景色を見た時に、綺麗だと思うことはあっても、その美しい景色を見られる目に感謝をすることはないだろう。

散歩をした時にその、そよぐ風に気持ち良さを感じることがあっても、どこまでも歩ける足に感謝をすることはないだろう。良い香りを嗅げる鼻にも、好きな音楽を聴ける耳にも、おしゃべりしたり歌を歌える声にも、当たり前にあるものには感謝をしない。大抵は失ってから気づくことが多いのだ。だけど失ってから気づいたのでは遅いこともある。

例えば、健康は失ってから気づくのではなく、あるうちに感謝して大切にすること。そして愛する人も、いることが当たり前ではなく、その存在に感謝して日頃から大切にすることが大切なのだ。

私たちは常に感謝の心を忘れてはいけない。

あるものすべてに、起きることすべてに、感謝をすることで自分の心が豊かになっていく。人生には大変なことも付きものだ。辛いことや悲しいことも山ほどある。

だけどそういった大変なことを乗り越える度に人は成長していく。「大変」は「大きく変化する」と書くように、大変なことがあった時は、自分が大きく変われる時なのだ。

すべての出来事に感謝をしていると自分の心が楽にもなっていく。人と人とは鏡のように「ありがとう」を言うと「ありがとう」を言われる人になっていく。感謝の心を常に持っていると感謝される人生になっていく。感謝は必ず返ってくる。だから自分のためにも感謝をしよう。まずはあるものから。

139 幸せとは

幸せは「なる」ものではなく「感じる」もの。

私は小さい時からどんなに貧しくても辛いことがあっても、幸せになりたいとは思ったことが一度もなかった。それはどんな状況でも幸せと感じていたから。

大好きな母さんやお兄ちゃんたちがいるだけで幸せだった。それにうちは欲しい物を買えなくても母さんがいつも全力で楽しませてくれたから、みんなで笑い合っている時間は何より幸せを感じた。

幸せは他人と比べるものではない。どんなに小さな幸せでも自分が幸せと感じるならばそれが一番なのだ。晴れているだけで幸せを感じたり、道ばたに咲く野花を見つけただけで幸せを感じたり、自分のベッドで安心しながら眠りにつけることも幸せだ。

この世界には戦争があり毎日、命の危険に怯えながら生きている人たちもいる。もし私たちがそういった環境下にいないのであれば、当たり前にやって来る日常が本当はとっても幸せなことなのだ。

幸せはいつもすぐ側にある。見つけようとしないだけ。まずは小さな幸せを見つけることから始めるといい。籠（かご）に花を摘んでいくように、小さな幸せを一つ一つ入れていく。やがて籠は幸せでいっぱいになる。その幸せいっぱいの籠（心）を持って歩いていると、今度は大きな幸せが次から次に入って来るようになる。幸せは不思議と集まって来るものなのだ。

そして籠（心）が幸せで満たされると、人は溢れた分を配ることができるようになり、そこから幸せの輪が広がっていく。だからまずは自分が幸せになろう。幸せは目に見えないもの。だから心で感じていくもの。

幸せじゃない人なんてこの世にたったの一人もいない。幸せを感じようとしていないだけ。気づいてほしい、あなたの持っている幸せに。

140

最後に

自分がダメになった時、崩れた時があって良かったと心から思っている。

もしも地球が毎日ずっと晴れだったら、晴れの良さを知ることができなかっただろう。

時々、雨が降り、嵐が来るから晴れを喜ぶことができるように、人生がずっと晴れていたらその素晴らしさを味わうことができなかったかもしれない。

辛い経験があるから、幸せを噛み締めることができる。忘れたくなるような過去があるから心に残るような未来を歩みたくなる。すべての出来事には意味がある。大事なのは過去のマイナスな出来事を未来のプラスへと変えていくことなのだ。

私が毎日、笑顔でいられるのは枯れるほどに泣いた過去があるから。何気ない日々を幸せだと感じられるのは、人生には辛いこともたくさんあると知っているから。苦労は財産だと思う。

もちろん苦労真っ只中の時にそんなことは思えないけれど、乗り越える度に人は必ず成長していくものだから。もしも今、悩んでいる、道に迷っている人がいるならば思い切って選択を変えてみよう。楽になる方へ、自分がワクワクする方へ進んでみよう。

そして自分は不幸だ、人生がつまらないと思っている人がいるならば、まずは自分にありがとうを言ってみよう。ここまで生きて来たことに、頑張って来たことに、感謝を伝えよう。そして少し前を向いて歩いてみよう。

前を向いた時点から人は前向きになり、変えたいと思った時点から人は変わっていく。理想の人生を思い描き一歩踏み出す。そのたった一歩が大きく人生を変えていくこととなる。人生は自分で作るものです。多くの人が苦悩を抱える中、少し前を見るだけで変わっていく自分、変わっていく人生がある。

たった一度きりの人生が、少しでも楽しくなれるようにと私も願っています。

「あなたのまわりに、いつも幸せが溢れていますように」

あとがき

この本を出版するにあたり、許可を出してくれた家族に心からの御礼を言いたい。私たち家族のプライベートなことを赤裸々に暴露する訳だが、それ以上に私の人生を、私の選んだ道を応援してくれたことに感謝したい。

そしてこの本を手に取り、最後まで読んでくださった皆様が、その選択は間違いだったと感じられていないことを願います。

私自身、ほとんど本も読んだことがないうえに、勉強も苦手だったので、上手く文章を作れるのかと思っていたのですが、なんとか最後まで書き上げることができました。ただ、文章を考えている時間より言葉や漢字が出て来なくて、それらを調べている時間の方がかかりました（笑）。インターネットの時代だから書けたようなものです。

そんな私の人生ですがまだまだこれからが本番です。この本は私のはじまりに過ぎません。人生はまだまだ長い。この本を書き終えた今（三十八歳）が笑美子の前編として、また三十八年後（七十六歳！）に後編を書きたいと思います。

人生は決して良いことだらけではない。辛いこともたくさんあるけれど、最後に自分が「良い人生だった」と言えるように今を大切に生きていこうと思います。

そして皆様の物語（人生）もより良いものとなりますように。
最幸の人生を共に歩んで行きましょう！！！
ありがとうございました！！！
心から愛を込めて♡♡♡

平澤笑美子　ひらさわ・えみこ

一九八四年生まれ。

東京都品川区五反田で生まれ育つ。

高校卒業後、水商売の世界へ。

その後、接客を学ぶためレストランや料亭で働く。

二〇一九年、結婚。

二〇二一年、第一子出産。

二〇二三年、株式会社ＧＩＶＥＲ設立。

現在はインフルエンサーとして、前向きな考え方や楽しく生きる方法などを毎日ＳＮＳで発信している。


X（旧 twitter）　@EMIKO_TRIO

笑美子
どんな時でも幸せに生きる

二〇二三年一二月一五日　第一刷発行

著　者　平澤笑美子
発行者　堺　公江
発行所　株式会社講談社エディトリアル
郵便番号　一一二-〇〇一三
東京都文京区音羽　一-一七-一八　護国寺ＳＩＡビル六階
電話　代表：〇三-五三一九-二一七一
販売：〇三-六九〇二-一〇二二
印刷・製本　株式会社新藤慶昌堂

ISBN978-4-86677-137-3